VAUGHAN PUBLIC LIBRARIES
3 3288 08746011 1

D10757227

Morirás mañana

2 El misterio de Alma Rossi

Jaime Bayly

Morirás mañana

2 El misterio de Alma Rossi

ALFAGUARA

2011, Santillana USA Publishing Company
2023 N. W. 84th Ave., Doral, FL, 33122
Teléfono (1) 305 591 9522
Fax (1) 305 591 7473

EL MISTERIO DE ALMA ROSSI
MORIRÁS MAÑANA
Primera edición: Junio de 2011

ISBN: 978-1-61605-710-7

Diseño: Proyecto de Eric Satué
Cubierta: Juan José Kanashiro

Published in The United States of America

Printed in Colombia by D'vinni S.A.

14 13 12 11 1 2 3 4 5 6 7 8 9 10

A Silvia Núñez del Arco y Zoe Bayly.

UNO

Alma Rossi, perra cabrona adorable, no huyas de mí. Alma Rossi, perra cabrona adorable, huye conmigo. No tengo cáncer. No moriré. Te encontraré en algún lugar de la carretera y te daré la gran noticia y seguiremos juntos hasta Chile.

Esto es lo que me he repetido mentalmente durante casi doscientos kilómetros manejando a toda prisa rumbo al sur, seguro de que Alma huye hacia Chile y no camino a Ecuador y seguro de que, como es buscada por la policía y lleva dos millones de dólares en el auto, no debe de estar manejando tan rápidamente como yo.

Tarde o temprano la alcanzaré, me digo. Si ella va a ochenta y yo a ciento veinte, y si salió de mi casa como máximo una hora antes de que yo saliera para darle la gran noticia, tarde o temprano la alcanzaré. A menos que esté más loca de lo que creo y vaya más rápido que yo. O a menos que vaya despacio pero por la autopista al norte, mientras yo sobrepaso camiones ruinosos y camionetas cargadas de gallinas vivas y buses interprovinciales mirando hacia el horizonte con la esperanza de ver el auto, mi auto, el auto en el que huye por mi culpa la mujer a la que no pude matar, la mujer a la que más he amado, la mujer con la que quiero irme adonde ella quiera llevarme.

¡Ahí está la cabrona!, grito eufórico cuando veo el auto, mi auto, tiene que ser mi auto, allá adelante, en el carril derecho, avanzando a velocidad moderada, apenas desdibujado por la niebla de la tarde.

Acelero y la camioneta tiembla, el timón tiembla y tiemblo yo, porque es ella, tiene que ser ella, y este puede que sea uno de los momentos más cojonudos de mi vida, puede que este sea el día más memorable de mi vida, que primero me digan que no estoy a punto de morirme, que todo fue un error de una puta secretaria que confundió a un tal García que ya murió con Garcés que soy yo, y que ahora encuentre a Alma Rossi fugando sola para decirle que no estará más sola, que huiremos juntos y que la cuidaré tanto como ella me pida o me permita.

A medida que me acerco, confirmo que es mi auto y que Alma Rossi va sola, manejando a menos de ochenta tal como yo había previsto, dejándose pasar por los conductores intrépidos. Va absorta, ensimismada, en ningún caso asustada, Alma sabe que va a llegar a Chile y que nadie, ningún policía aceitoso, conseguirá desviarla de su objetivo.

Es ella, sin duda es ella, me digo, y algo parecido al júbilo o a la euforia me invade y me recorre el cuerpo entero y me da un cosquilleo en la entrepierna. *Es ella y ahora será mía para siempre*, pienso.

Por lo visto, Alma no está atenta al espejo retrovisor porque no parece percatarse de que ahora estoy detrás de ella haciéndole señas con las luces para que me reconozca y se detenga. Como no advierte mi presencia, toco la bocina un par de veces, y saco el brazo izquierdo y le hago adiós para que me vea por el espejo. Pero ella no me reconoce y saca la mano con un gesto crispado, como diciéndome *no toques bocina, imbécil, si quieres pasar pásame, que voy por el carril derecho.*

Entonces me veo obligado a acelerar para avanzar por el carril izquierdo y la Land Cruiser está ahora al lado del Audi A6 y la miro y espero a que me mire, pero ella, la muy perra cabrona, creerá que soy un pendejo que quiere coquetearle y levantársela, y no desvía la mirada de la carretera y disminuye la velocidad para zafarse de esa compañía que le resulta irritante, fastidiosa.

Alma, la puta que te parió, ¿no puedes mirarme para saber que soy yo?

No, Alma no me mira, quizás porque está nerviosa o porque está acostumbrada a que los hombres la sigan y le griten piropos groseros por la calle. Alma no me mira ni va a mirarme. Entonces no me queda más remedio que bajar la ventana y acercar mi camioneta a su auto y gritarle:

—¡Alma, Alma! ¡Soy yo, Javier!

Pero como ella lleva las ventanas cerradas y seguramente va oyendo música, no me escucha ni hace el más leve ademán de voltear para mirar hacia ese vehículo que peligrosamente se ha puesto al lado del que ella conduce, y lo ignora, me ignora, como siempre ha ignorado a los que nos fijamos en ella, a quienes caemos rendidos ante ella.

—¡Alma, para, carajo! —grito—. ¡Alma, para, no tengo cáncer! —grito con todas mis fuerzas.

Pero es inútil, porque ella frena de golpe para dejarme sobrepasarla y perderme. Entonces cruzo bruscamente hacia el carril derecho y voy frenando para obligarla a detenerse conmigo. Me tiene que haber reconocido, tiene que haber reconocido esta camioneta, tiene que saber que el hombre que le hace adiós y le pide con la mano que se detenga soy yo, el que quería matarla, el que le dio los dos millones que ahora lleva en mi auto, el que la metió en este enredo con la policía que ahora la busca o quizás no tanto, porque en el Perú la policía hace las cosas pero quizás no tanto.

Cuando estoy seguro de que ya Alma me ha visto y sabe que soy yo y va a parar, ocurre algo inesperado para mí: Alma cruza hacia el carril izquierdo, acelera, voltea a mirarme con una mirada fría y despiadada, como si yo fuera una araña o una cucaracha, y luego me pasa y se aleja de mí.

Perra cabrona hija de mil putas, ¿por qué no te alegras al verme?, ¿por qué no me das la oportunidad de decirte que no tengo cáncer, que no me voy a morir, que te amo, que quiero huir contigo?

Alma Rossi, la puta que te parió, eres la mujer más desconcertante que he conocido.

No creas que vas a escapar de mí, putita. Acelero y en pocos minutos estoy nuevamente detrás de ella y luego a ella le asusta competir conmigo para ver quién está más loco y quién se estrella primero, y baja la velocidad y me deja pasar, y entonces me pongo delante de ella otra vez y voy frenando hasta que la obligo a dirigirse conmigo hacia el carril de emergencia, a la vera de la autopista, y a detenerse allí.

Bajo de la camioneta. Es ella, es ella que me mira con sus ojos helados y su desprecio infinito, es ella que me odia porque una vez más aparezco en su vida cuando ella no quería verme, es ella que no sabe que no tengo cáncer, es ella que no sabe que no tiene que escapar sola, que ahora cuenta conmigo, que somos dos prófugos que se aman, y por eso corro hasta el Audi A6 y ella baja la ventana y me observa como si fuera una tarántula o un alacrán y le digo:

—No tengo cáncer. El médico se equivocó.

Alma permanece con absoluta indiferencia, como si le hubiera dicho algo que le importara poco o nada.

—Estoy bien. No voy a morirme. Podemos ir juntos a Chile —le digo, y me acerco para darle un beso en la mejilla, pero ella retira su rostro y hace un gesto de fastidio y ahora sé que va a decirme algo que hubiera preferido no escuchar.

—¿Se puede saber qué mierda haces acá jodiéndome la vida una vez más?

Ha hablado con esa voz filuda que corta el aire y me ha hecho saber que le chupa un huevo si tengo o no tengo cáncer, que ella quiere largarse sola a Chile y que mi presencia es un estorbo. Pero me hago el tonto, el que no ha entendido.

—Estoy acá porque el médico me dijo que no tengo cáncer, que se equivocaron de fólder, que un tal García y no yo tenía cáncer, que estoy perfecto y que no me voy a morir —le digo, tratando de ablandarla, de encontrar un residuo de compasión en su mirada—. Estoy acá porque te amo y porque quiero ir contigo adonde tú quieras ir.

Alma Rossi me mira con creciente crispación y dice:

—No me amas, huevón. Tienes miedo de quedarte solo. Tienes miedo de que la policía llegue a tu casa buscándome y te arreste. No me amas, me necesitas, que es muy distinto.

No sé si Alma tiene o no razón, pero en ese momento, en ese jodido punto de la autopista, siento que la amo y que la necesito y que no quiero vivir un puto día más sin ella ahora que parece que viviré muchos más días de los que tenía pensados.

—Lárgate, Garcés. Déjame en paz. No quiero verte más.

Me quedo parado a duras penas mientras ella me mira y sentencia:

—Estoy harta de ti. Me has jodido la vida muchas veces. Piérdete, huevón. No me sigas. No quiero verte más, ¿entiendes?

Me quedo en silencio con las manos en los bolsillos, sin poder mirarla, porque su mirada asesina me quema las entrañas, hay tanto odio y rencor en ella que me hace sentir una cucaracha.

—¿Entiendes, Garcés? —grita ella.

—Entiendo —balbuceo.

—¡No me sigas! ¡No quiero verte más! —se exalta, y enciende el motor.

—Entonces devuélveme mi plata —le digo, señalando el maletín deportivo en el que amorosamente acomodé los fajos de dólares para que ella pudiera huir cuando yo estuviera muerto, no cuando yo estuviera más vivo que nunca y con ganas de huir con ella.

—Jódete, huevón —me dice ella—. Esa plata es mía. Me corresponde por todo el daño que me has hecho.

—¿Daño? —digo, sorprendido, pero ella sube la ventana, acelera y se aleja de mí.

¿Qué daño te he hecho yo, perra cabrona de mierda? ¿Daño, yo? Fuiste tú la que me engañó, me traicionó, se fue con la rata de Echeverría. Fuiste tú quien decidió no denunciarme a la policía cuando lo maté y la que me prometió que me acompañaría hasta mi muerte.

Camino unos pasos, me bajo la bragueta y siento el viento zarandeando mi pinga mientras meo en el desierto, y pienso *Voy a seguirte y voy a matarte, perra de mierda.*

DOS

Cuando matas a una persona a la que desprecias y disfrutas de ese acto y luego nadie lo descubre, encuentras una forma extrema de placer que te conduce a la adicción, a la necesidad compulsiva de volver a matar, de matar a alguien más que también merezca que le interrumpas la vida misérrima a la que se aferra.

Yo era un escritor y no un asesino en serie, pero ahora ya no tengo ganas de escribir, solamente unas ganas crecientes de matar, de volver a matar, de seguir matando.

Naturalmente, es Alma Rossi a quien más pronto quiero matar, pero ella va camino a Chile y yo sigo sentado en el desierto pensando si debo volver a Lima para trazar una nueva lista de víctimas a las que luego mataré o si debo seguir rumbo al sur, cruzar la frontera, conseguir un arma letal (quizás no sea necesaria una pistola, quizás pueda conseguir en Chile un veneno que me exonere del engorroso trámite de comprar un arma de fuego sin cumplir los requisitos legales) y encontrar a Alma Rossi y matarla.

Fue un error no matar a esa perra miserable cuando la tuve a mis pies en el hotel de Lima; fue una candidez confiar en ella, pensar que era capaz de volver a quererme; fue absurdo suponer que, siendo la mujer pérfida que es y será siempre, esta vez actuaría con lealtad. Es lógico que Alma Rossi haya sido fiel a su biografía y a sus genes y a su instinto amoral, y me haya abandonado llevándose parte de mi dinero y dejándome a mi suerte, sin importarle que muriera como un perro. Fue un error pero a la vez una iluminación sobre la nueva vida que ahora se abre como una promesa ante mí, sentado en el kilómetro doscientos de la carretera al sur, sabiendo que mi presa huye pero que tarde o temprano daré con ella y la cazaré y entonces no tendré piedad ni compasión como ella no las tuvo conmigo al dejarme en Lima y al dejarme de nuevo en esta carretera, aun sabiendo que no tengo cáncer y que no moriré pronto, no al menos de esa enfermedad que me diagnosticaron por error.

Lo que no sabe la perra de Alma Rossi es que nada me interesa más que seguir matando y que nada me divierte, estimula e inspira más que la idea de matarla a ella. Lo que no sabe Alma es que ya no soy un escritor sino un asesino, y que no desmayaré hasta aniquilarla. Pero no quiero que sea la suya una muerte brusca y chocarrera. No quiero, por ejemplo, reemprender la marcha para seguirla, sabiendo que ahora va a toda prisa, y luego con suerte alcanzarla y embestir su auto, que es mío, y así arrojarla a un abismo. Por alguna razón, esa no me parece la manera correcta de matarla. Creo que es más elegante dejarla escapar, darle tiempo de esconderse y más adelante, cuando por fin se crea a buen recaudo, a salvo de mí, sorprenderla, humillarla, demostrarle que mi astucia la supera, y matarla lenta y cuidadosamente, sin ahorrarle tanto sufrimiento como me sea posible infligirle.

Lo que tampoco sabe Alma Rossi es que, ahora que lo pienso, hay en Chile un puñado de cabrones de mala entraña, hijos de mil putas, a quienes me haría inmensamente feliz matar. De modo que seguiré viaje hacia Chile pero sin prisa, disfrutando del paisaje, eligiendo mentalmente a los que habrán de morir antes o después de que haya matado a Alma Rossi.

No tiene sentido ir a Chile solo para matarla a ella, cuando bien puedo purificar a ese país que tengo en tan alta estima matando también a un número de indeseables sujetos que, por el bien de Chile y de la humanidad, merecen dejar de existir.

Me esperan entonces una nueva vida en Chile y una misión redentora que no vacilaré en cumplir: la de matar a Alma Rossi y a cinco mequetrefes traidores que alguna vez me humillaron y que ahora pagarán con su vida las pequeñas deshonras a las que me sometieron.

No imaginé que mi vida cambiaría de este modo radical: ahora sé que no padezco de cáncer, ahora sé que no tengo los días contados, ahora sé que debo cumplir unos trabajos en Chile, ahora sé que esos trabajos no son literarios o lo son de un modo inexplicable, ahora sé que no soy más un escritor y que me he convertido en un asesino a gusto, orgulloso de serlo y con intenciones de perdurar en el empeño y perfeccionar el arte de dar muerte al enemigo.

Siempre supe que era un adicto en potencia a cualquier cosa que estimulase mi adrenalina, pero nunca imaginé que me haría adicto a matar. Ahora que soy adicto a matar, no me interesa ya volver a mi estudio para sentarme a escribir una novela; lo que realmente me apasiona y le da sentido a mi existencia es la posibilidad de seguir matando, el plan de ir a Chile para matar a Alma Rossi y a un puñado de infectos sujetos que han conseguido sobrevivir, para su desdicha, en el sombrío laberinto de mi memoria.

TRES

No se mata por el mero placer de matar. No se mata a un extraño, a un anónimo, a un inocente. No se mata sin una razón, sin una buena razón. Matar a un inocente es un crimen abyecto. Matar sin saber a quién se mata es una miseria moral, envilece y acanalla a quien se rebaja a tal indignidad. Solo se mata a quien ha hecho méritos para morir. Solo se mata a quien es culpable más allá de la duda razonable o de la compasión ante cualquier animal de nuestra especie. Solo se mata, por consiguiente, a quien se odia, y solo se odia a quien se ha ganado nuestro odio, y solo se gana nuestro odio quien conscientemente y a sabiendas nos ha hecho daño, nos ha jodido un poco la vida, ha gozado humillándonos, no ha tenido el valor de matarnos pero nos ha hecho un daño tal que nos ha comunicado que con seguridad gozaría con nuestra muerte. Solo se mata, pues, a quien se alegraría con nuestra muerte, a quien quisiera matarnos pero no se atreve, a quien quiso matarnos en cierto modo pero no lo consiguió del todo. Solo se mata en legítima defensa. Solo se mata al que sin duda y con causa merece morir.

Matar a quien ha hecho méritos para morir, o a quien ha hecho esos méritos indudablemente ante nuestros ojos, es entonces un acto de redención, de purificación moral, y es también un acto que mejora el futuro porque libera a nuestra especie de sus peores y más viles homínidos, a los más despreciables bichos humanos, a esas criaturas que nos avergüenzan porque no son demasiado distintas de nosotros o incluso son en apariencia como nosotros.

Es Alma Rossi quien ahora me lleva hacia Chile y a ella debo que, conduciendo a velocidad moderada, deteniéndome para comer y dormir a lo largo de la ruta, me encuentre removiendo, en el polvoriento museo de mi memoria, esas momias putrefactas de origen chileno, apiñadas en las salas del odio y del rencor, sobre quienes ahora voy encontrando razones irrebatibles para ir a matarlas, si no han muerto aún.

Debería bastarme con matar a Alma Rossi en Chile y volver, pero no, un caballero como yo no desaprovecha la visita y se esmera en cumplir su cometido a cabalidad.

Siendo Alma Rossi el espectro que guía mis pasos y que me lleva en la ruta al sur, y siendo ella a quien más ardientemente deseo matar, recuerdo, por ejemplo, a dos miserables ejecutivos de televisión, Pedro Vidal y Ernesto Larraín, a quienes, ya estando en Santiago, me parece que sería de buen gusto despachar hacia la otra vida, hacia el más allá.

¿Qué ruindad me hicieron el tal Vidal y el tal Larraín como para que ahora quiera matarlos, y de hecho vaya a matarlos, porque sé dónde viven y más o menos en qué rutas y horarios se mueven? Tal vez parezca que exagero, pero se coludieron o apandillaron para humillarme en grado sumo, como a continuación describiré: me llamaron a Lima y me dijeron que querían hacer un programa literario, sobre libros, en el canal público chileno que ellos dirigían (y que según entiendo siguen dirigiendo, aunque espero que no por mucho tiempo más), y a pesar de mi renuencia y mis evasivas, insistieron tanto en que yo era la persona ideal, idónea, indicada, irremplazable para conducir esa tertulia semanal sobre libros, que, ante tantas llamadas y tantas zalamerías de este par de chilenos mal cogidos, y tantos ruegos para que tomase el avión, cedí por fin, que uno tiene su vanidad y le gusta salir en televisión. La promesa era que emitirían el programa en la señal internacional, de modo que me verían en Australia como en Canadá. Tomé el avión hacia Santiago y me reuní una y varias veces con el tal Vidal y el tal Larraín, y escuché sus pomposas y babosas disertaciones sobre la necesidad de un programa *culto pero entretenido, con harta cultura y entretención*, así hablaban estos dos oligofrénicos presumidos, y me dejé convencer de que yo era el hombre, de que no había un escritor mejor dotado para presentar ese programa literario que yo, y por eso me rebajé a la indignidad de grabar un programa piloto, es decir un primer programa de prueba a fin de que ellos, el tal Vidal y el tal Larraín, decidieran si, como habían vaticinado, yo era la persona ideal, idónea, para conducir aquel programa de televisión sobre libros *con harta cultura y entretención*, palabreja esta última que repetían de un modo que ya resultaba chirriante. Grabé el programa piloto con un escritor amigo a quien llamé y pedí como favor que me acompañase durante una hora en el estudio del canal público para someterse a una entrevista *harto entretenida* sobre sus libros, los libros que estaba leyendo o los libros que había dejado de leer por malos e insufribles. Este escritor amigo, o que yo creía mi amigo, porque ningún escritor puede en realidad ser amigo de otro escritor, se llama Pepe Morel y era más o menos famoso en Chile y en ningún otro país, y aceptó grabar el piloto conmigo por dos razones puramente subalternas: porque siendo un escritor mediocre era, sin embargo, adicto a la exposición pública y no perdía ocasión de sacar su linda cara en televisión, y porque, siendo marica, y marica militante, creo que tenía la absurda pretensión de irse a la cama conmigo y de que yo lo encularа después del programa piloto como forma de agradecimiento con su generosidad. Grabé en efecto el piloto con este escritor mediocre y marica y creo que quedó, si no entretenido, al menos decoroso. A pesar de las afectaciones y mohines impostados del escritor mediocre y marica pudimos hablar de algunas pocas cosas valiosas, por ejemplo que Parra era superior a Neruda, por ejemplo que Bolaño era bueno pero no tanto como para canonizarlo, por ejemplo que Isabel Allende no merecía tanto desprecio, por ejemplo que cierto calvo hablantín era insoportable en sus libros y conseguía ser aun más insoportable cuando salía en televisión hablando con un paraguas bajo la lluvia sobre sus libros o sobre los libros de otros. No tuve entonces la menor duda de que el programa piloto sería aprobado con entusiasmo. Volví a Lima y no cesé de recibir las llamadas alentadoras y promisorias del tal Vidal y del tal Larraín, que incluso me enviaron un contrato para formalizar el acuerdo. Al leer el contrato me pareció que ofrecían muy poco dinero como para mudarme a Santiago por medio año para grabar veinte programas, así que les pedí el doble de la suma que mezquinamente me ofrecían. Para mi sorpresa, me dijeron que estaban dispuestos a pagarme lo que yo pidiera, siempre que grabase otro programa piloto porque el que había grabado con el escritor mediocre y marica no les había parecido completamente satisfactorio. Asombrado y al mismo tiempo indignado, pregunté por qué no les había gustado el piloto con Morel. La respuesta del tal

Vidal, un enano peludo y trepador, fue demoledora: *Le falta entretención*. La del tal Larraín, un calvo larguirucho con cara de estreñido o de padecer de algún dolor anal, fue igualmente contundente: *En este país no se puede hablar mal de Neruda*. *Muy bien*, les dije, *viajaré nuevamente y grabaremos otro piloto y me cuidaré de no hablar mal de ilustre poeta*. *Estupendo*, me dijeron, y añadieron que pagarían todos los costos de mi viaje en primera clase y en el hotel de mi preferencia, el Ritz, piso ejecutivo con acceso al salón con amenidades culinarias. Días después, volví a Santiago, pasé por el trance espantoso de cenar en casa del tal Larraín, donde conocí a una criatura fantasmagórica que decía ser su esposa y también a una regordeta de apetito insaciable que dijo ser la esposa del tal Vidal y que parecía una prostituta barata de un local de copas de Providencia, y me avine a la humillación de grabar un segundo programa piloto (sin pago, como tampoco me habían pagado el primero), esta vez con otro escritor, uno que ellos eligieron y que a mí no me gustaba, principalmente porque había tenido el mal gusto y la insolencia de ir a Lima varias veces y hablar mal de mis libros y de mí y de mearse en mi prestigio como escritor. Era un bicho sombrío, con anteojos y mirada torva, contrahecho y feo, y espeso como una flatulencia, llamado Julio César Undurraga, famoso porque había vendido muchos libros en Chile, lo que le había permitido comprarse un Audi A4, usado por supuesto, y provocaba los celos y la envidia de sus colegas. Este pequeño sujeto, que no perdía ocasión de ir a mi ciudad para hablar mal de mí, se permitió el desparpajo de aceptar la invitación para grabar el piloto conmigo, suponiendo que yo no estaba al tanto de las insidias y mezquindades que esparcía cada vez que visitaba Lima, o suponiendo que yo estaba al tanto de ellas pero necesitaba el dinero del canal chileno y, por tanto, debía hacerme el despistado y tragarme el sapo y ser amable con él, que solo había sabido ser mezquino conmigo, en su país e incluso en el mío. Pues allí lo tenía enfrente, inflado como un pavo real, maquillado en exceso, vistiendo una corbata chillona, hablando con gestos ampulosos sobre las virtudes de sus libros y los muchos idiomas (todos imaginarios) a los que habían sido traducidos, envaneciéndose a tal punto que el espectáculo provocaba vergüenza ajena y ganas de vomitar, y risas ahogadas en los camarógrafos, que no eran incapaces de percibir que este petulante de Undurraga más que un escritor parecía un vendedor de sus libros, un mercachifle barato de las nimiedades que había perpetrado y publicado. Yo cumplí mi papel de anfitrión caballeroso y cortés, y dejé que hablara sin cortapisas su cháchara melindrosa y cursi, y elogié sus libros y me sentí un impostor. No tuve la menor duda de que este segundo programa piloto había resultado un fiasco, o al menos muy inferior al que había grabado con el escritor mediocre y marica, que siquiera no tenía, como Undurraga, un amor tan desmesurado por sí mismo y era capaz de hablar de libros que no fueran suyos. Asqueado de ese bicho ensoberbecido y feo como un sapo, volví al hotel y odié el programa piloto y me juré no hacer ningún piloto más y les dije al tal Vidal y al tal Larraín, par de insignes pelotudos, que la entrevista con Undurraga no debía ser emitida nunca, que Undurraga era un escritor de pacotilla y un sujeto deleznable, y que, en caso de llegar a un acuerdo, la primera emisión debía corresponder a lo grabado con Pepe Morel. Me dijeron que someterían el tema a una suerte de comité editorial o consejo consultivo y que me llamarían pronto a Lima. Pronto no fue tan pronto: tardaron un mes en llamarme para decirme que el susodicho consejo consultivo, o sea el tal Vidal y la puta de su mujer y el tal Larraín y el espectro de su esposa, había decidido que se haría el programa sobre libros, pero ya no conmigo como anfitrión, sino con Julio César Undurraga. Quedé pasmado, estupefacto, con ganas de insultarlos y luego vomitarles. Pregunté por qué habían elegido a Undurraga y me habían descartado tras someterme a la humillación de hacer dos pilotos. *Porque Julio es chileno y nos sale más barato que tú, po*, respondió el tal Vidal, con indudable franqueza. Poco después, el programa salió al aire y no duró, con su formato inicial, más de ocho semanas porque fue un fracaso estrepitoso y porque ningún escritor mínimamente respetado quería ir a la tertulia babosa y maloliente de ese cretino de Julio César Undurraga. Pero el daño ya estaba hecho: el tal Vidal me había humillado, el tal Larraín me había humillado, ambos me habían hecho perder el tiempo viajando dos veces hasta Chile para grabar programas piloto que nunca serían exhibidos, y el tal Undurraga me había utilizado de tal forma que mi piloto fuese el suyo y, traicionándome, le sirviera para adueñarse del programa alegando que él estaba dispuesto a cobrar la mitad o la tercera parte de lo que yo pedía y que él hablaba como chileno y yo como peruano y que esto al público chileno (incluso en Australia o en Canadá) le resultaría insoportable. Fue así como Vidal y Larraín, y de paso Undurraga, se convirtieron en un recuerdo oprobioso, en una mancha en mi pasado, en un par de miserables a quienes recordaba vagamente con odio, y a quienes no pensaba volver a ver nunca más, hasta que el odio contra Alma Rossi y la necesidad de ir a Chile para matarla me recordaron el odio que también sentía por esos dos pelafustanes y la necesidad que sentía ahora por matarlos, a ellos pero también a Undurraga, uno por uno y sin programa piloto. No se ensaya ni se entrena para la muerte, no hay instrucciones para morir, y estos tres forúnculos humanos tendrán que morir sin que nadie los maquille ni los prepare con ningún piloto. Seré yo, qué ironía, quien, frustrados mis dos programas piloto, haga las veces de piloto en el viaje que emprenderán hacia una muerte segura, una muerte que, por cabrones y tacaños y felones, bien ganada se tienen.

CUATRO

No me queda del todo claro si, ya estando en Santiago, y dispuesto a matar, debo matar también al escritor mediocre y marica Pepe Morel. No tengo suficientes razones para hacerlo, a no ser el goce o regocijo que la sola idea de matarlo provoca en mí, lo que ya resulta una buena razón en sí misma. Esto me preocupa. Parece ser que no solo me he hecho adicto a matar, sino que, en el caso de Morel, deseo matar a un inocente. Sin embargo, quiero matarlo de todos modos, no porque sea mediocre ni porque sea marica, sino porque se cree demasiado bello y *sexy* y porque sospecho que tiene una erección leyendo sus propios libros. Morel no ha hecho nada contra mí e incluso tuvo la cortesía de grabar el programa piloto que le pedí, pero su aire envanecido y el amor que se profesa a sí mismo me parecen incompatibles con el oficio de escritor. Entonces, no es que quiera matarlo porque lo odie, pues carezco de razones para odiarlo, quiero hacerlo porque un escritor no debería amarse a sí mismo como se ama Morel, de modo que quiero acabar con él por el respeto o la devoción que tengo por el oficio de escritor, un oficio que, me parece, Morel deshonra con su vanidad hinchada, con su vanidad de dandi melancólico que parece desear para sí mismo una muerte súbita, con esa mirada extraviada más allá de la nada. Pues si miras a la cámara como si quisieras en efecto morir, te haré el favor de complacerte, ínfimo Wilde del litoral chileno.

CINCO

No me da el cuero para manejar, desde ese punto en el kilómetro doscientos en el que he sido humillado por Alma Rossi y he meado y me he sentado a rumiar mi venganza, hasta la capital de Chile. No me parece buena idea seguir las huellas de Alma. La sorprenderé. Volveré a Lima, tomaré el primer vuelo hacia Santiago, me alojaré en el Ritz y estaré esperándola pacientemente cuando la puta cabrona llegue después de mamarse casi dos mil quinientos kilómetros polvorientos huyendo como una loca y de pagar todos los sobornos y coimas que le exijan para que dejarla atravesar los cruces fronterizos. Cuando Alma Rossi llegue por fin a Santiago, extenuada y con el culo molido, no dudará en ir a dormir al Ritz, que tanto le gusta, y allí estaré yo, esperándola para matarla, todavía no sé cómo. Yo estaré tranquilo, risueño, descansado, fresco y con un plan de exterminio y fuga.

Manejaré de regreso a Lima mientras ella acelera pensando que voy persiguiéndola, y luego volaré sobre su auto, mi auto, y me instalaré en el Ritz de Santiago muchas horas antes de que ella llegue, si acaso llega. Porque puede que se mate en el camino, puede que choque y se desbarranque, puede que la arresten los policías y la violen y la echen como cadáver a una acequia, todo puede pasar en el Perú, más aun si eres una mujer tan guapa como ella y llevas dos millones de dólares en efectivo en el auto. Cabrona. Ladrona. Miserable rata traidora. Ya se llevará una sorpresa cuando la embosque en el Ritz. Y si no va al Ritz porque sospeche que es allí donde más probablemente la buscaré, irá al Sheraton o al Park Plaza o al Radisson, pero sé que en algún hotel de lujo la encontraré, aunque tenga que buscarla en todos los de Santiago, de Viña, de Valparaíso, de Reñaca, de Cachagua, de Zapallar y de Chile entero. Ahora debo correr de regreso a Lima, buscar mi pasaporte, comprar el boleto en Lan y volar hacia Santiago cuanto antes, de manera que cuando Alma Rossi llegue al Ritz, o al hotel que elija para esconderse y reponerse del viaje agotador, yo tenga ya un plan bien tramado y diseñado para matarla con plena eficacia. No hay tiempo que perder. Ahora Alma Rossi maneja a toda prisa rumbo al sur y yo conduzco a ciento veinte kilómetros por hora rumbo al norte, a Lima, para tomar el primer vuelo con destino a Santiago. Tengo que encontrar la manera de conseguir una pistola en Santiago apenas llegue. O tengo que encontrar a alguien confiable que me suministre un veneno letal para acabar con la vida de la mujer que más miserable me ha hecho sentir. No corras, Alma. No corras que cuando llegues por fin a Santiago allí estaré esperándote y no podrás escapar más de mí.

SEIS

Desparramado en un asiento de clase ejecutiva después de cenar a pesar de que no tenía hambre, y soportando los ronquidos y las flatulencias de los pasajeros vecinos en el vuelo de Lan, he mirado una y otra vez por la ventanilla como si pudiera ver allá abajo, tras la espesa capa de nubes, el auto en el que huye Alma Rossi, y he sonreído pensando en las tribulaciones y padecimientos que le aguardan en su travesía hacia el mismo lugar al que yo llegaré antes y mucho más cómodamente que ella. He pensado también que, ya que iré a Santiago a matar, y ya que mataré a Alma Rossi y al tal Vidal y al tal Larraín y al tal Undurraga y al tal Morel, no debo dejar con vida a ningún otro que merezca morir, y se me ha presentado como un haz de luz la certeza de que debo matar no por obligación sino por puro placer al sujeto más estúpido que he conocido: un simio parlante, feo como una araña, millonario pese a tener solo veintiún años, llamado Julito Cox. Esta criatura abominable es una suerte de celebridad social en su país y lo es tan solo porque heredó una obscena suma de dinero de su padre, un viejo banquero que no tenía hijos y que en sus años postreros no tuvo mejor idea que la de copular con su secretaria y dejarla embarazada del subnormal de Julito Cox, que pasó entonces a ser el único heredero de la vasta fortuna de ese señor, que murió cuando él era apenas un niño y que le dejó todo, absolutamente todo, a él, a ese niño afeminado, caprichoso, vanidoso, que ya entonces se miraba en un espejo todo el día y que no bien cumplió dieciocho años se convirtió en uno de los hombres más ricos de Chile y en un cliente asiduo pero siempre insatisfecho de cirujanos plásticos, que hicieron de su espantosa cara de mono una cara de mono todavía más espantosa porque procuraron disimular o encubrir lo que era imposible, es decir la cara de mono de Julito, y terminaron dejándole la cara de un mono estirado, cosido, remendado tantas veces que lo que era originalmente feo terminó siendo feo, grotesco y esperpéntico por tratar de pasar por bello cuando tal empresa era imposible o inhumana y hubiera requerido decapitar a Julito e implantarle la cabeza de un caballero mejor dotado genéticamente. No debería odiar a Julito Cox porque nunca hizo nada contra mí, o nada deliberado contra mí, pero lo odio, y lo odio con absoluta determinación y a pesar de que nunca hizo nada deliberado contra mí, por el solo recuerdo de los muy odiosos momentos que me infligió este presumido mico chileno en su afán siniestro y desesperado por ser mi amigo o por ser famoso. Lo conocí porque se apareció sin que yo lo invitara en la presentación de alguna de mis novelas en Santiago y desde entonces me resultó evidente que lo que más deseaba ese oligofrénico no era conversar conmigo sino que le hicieran fotos conmigo para luego salir retratado en las revistas de papel lujoso simulando ser mi amigo íntimo y abrazándome y con una sonrisa muchas veces ensayada en la intimidad frente a su espejo. Fue inevitable, debido a su majadera insistencia, que alguna vez cediera y aceptara su invitación a cenar; fue inevitable, a causa de su tozudez por entrometerse en mi vida, que alguna vez cediera y pasara un fin de semana en su casa de Zapallar; fue inevitable, sin que él tuviera que insistir mucho, que terminara recibiendo las llaves del Porsche convertible rojo y que saliera a manejarlo por el litoral chileno; fue inevitable que visitara a la bruja de Concón que le leía el futuro y que me dijo que veía la muerte en mí, que podía asegurar que no llegaría vivo a los cincuenta años: bruja de mierda, farsante, mitómana, debería ir a Concón a matarte por embaucar así a la pobre gente idiota como Julito Cox, pero ya estás muerta. Si debo resumir una y solo una razón para matar a Julito Cox, diré que es la siguiente: una tarde en su mansión de Zapallar, estábamos tomando el sol al borde de la piscina cuando de pronto este simio tatuado y con aretes en la lengua y con un traje de baño tan corto que se le veían los huevos vino corriendo hacia mí, destapó una botella helada de champán y me disparó su contenido en la cara y el pecho. Fue un momento atroz, un momento en el que sufrí frío y angustia y en el que sentí gran incredulidad ante el mamarracho que estaba ocurriendo conmigo como protagonista. Julito Cox se reía a mandíbula batiente (y su mandíbula parecía una batidora) porque me había bañado en champán helado mientras yo tomaba el sol tibio de Zapallar. Solo por ese trance humillante al que me sometió, y por ser tan feo y estúpido y presumido y millonario, y por vestirse tan horrorosamente y por salir en todas las revistas frívolas con una sonrisa distinta en cada foto, siento que debo matar a Julito Cox, incluso antes que a Alma Rossi. Hay cosas que uno tiene que hacer porque las tiene que hacer, y matar a Julito Cox me parece ahora una obligación moral y un imperativo ético que no puedo eludir. Y si he de matarlo, quiero que muera sufriendo todo lo que sea posible, porque el mono ricachón me hizo sufrir mucho aquella tarde en que me bañó con champán helado. Le meteré una botella de champán por el culo antes de matarlo. Lo malo es que, de hacerlo, es casi seguro que Juanito me pediría que le metiera otra botella más y hasta tendría una erección.

SIETE

Llevo tres días en el Ritz de Santiago, piso ejecutivo, y aún no aparece Alma Rossi. Empiezo a impacientarme. No salgo del hotel. Duermo hasta muy tarde, tan tarde que cuando visito en bata y piyama el club ejecutivo ya han levantado el desayuno y han servido los aperitivos del almuerzo, lo que me obliga a pedir, a regañadientes, a una camarera rusa que quiere ser violinista aunque que de momento se contenta con ser camarera (sin embargo, sin duda tiene cara de violinista y conseguirá serlo o matará a quien se lo impida), que me traiga dos jugos de naranja, pero no de caja, no artificiales, sino jugos de naranja exprimida, jugos de verdad, y me provoca un poco de culpa someter sus manos de violinista a la tarea agria de exprimir las naranjas, pero que se joda la rusa: si pagas el Ritz tienes derecho a ese capricho y otros más. Luego me paso el día encerrado en la habitación leyendo los diarios chilenos y horrorizándome con la mojigatería militarista de *El Mercurio* y sumiéndome en la apatía con el tono arribista de *La Tercera*, cuyo director es un gordito repugnante con aires de sabiondo y de lambiscón de los poderosos a quien conocí en una conferencia en Nueva York y al que quizás podría añadir a mi lista de insignes próximos difuntos, solo por lo asquerosamente trepador que me pareció ese rollizo homínido chileno que se dice periodista pero que en rigor es solo un oportunista, un chismoso y un mamón profesional de todos los que la tienen más grande que él (y me refiero, desde luego, a sus cuentas bancarias). El gimnasio del hotel es una broma, consiste apenas en una faja para correr y en una tabla para hacer abdominales, faja que yo uso para caminar a velocidad ínfima y tabla que uso luego para descansar, en ningún caso para flexionar mi panza. La piscina es particularmente agradable, porque ha sido construida en el último piso y bajo un techo curvado de vidrio que de día o de noche le da una iluminación singular, pero no soporto más de tres minutos en el agua, porque los chilenos tienen al parecer la mala costumbre de bañarse en agua helada, sea de piscinas o de mares. No me interesa en absoluto pasear por los barrios colindantes al Ritz. Los he caminado ya muchas veces, cuando era joven y cuando viví un par de años en Santiago como estudiante, y me irritan los buses amarillos que exhalan gases tóxicos y el parejo bullicio o estrépito de los cacharros que circulan por calles y avenidas y el absoluto irrespeto por el peatón. No es que en Lima se respete al peatón, claro que no, en Lima al peatón se lo arrolla si es posible, para luego robarle la billetera y los zapatos, y si tiene mala suerte, para que algún curandero o chamán le robe también el hígado o un riñón para revenderlo después a un europeo, pero en Lima a mí como peatón, en las pocas calles por donde me arriesgo a ser peatón, sí me respetan, porque me reconocen y saben que soy un escritor de prestigio y me saludan y me dan la preferencia, y si tengo mala suerte me piden sacarse una foto conmigo o que les firme un autógrafo, o la gente más imbécil, que les regale un libro, como si uno saliera a caminar con cuatro libros en un maletín para ir entregándolos en el trayecto a los espontáneos transeúntes que te los pidan. Todo lo que necesito por el momento está en el Ritz y solo falta que llegue Alma Rossi para que estemos completos. No he podido comprar un arma de fuego todavía. Tengo un primo hermano, dueño de un restaurante peruano en Santiago, buena gente, que ha prometido conseguirme una pistola, pero tengo la sospecha de que su promesa, como la de todo buen peruano, quedará en eso y no habrá tal pistola, pero sí sus incesantes llamadas para que vaya esta noche a su restaurante para comer esas cosas raras, picantes, encebolladas, marinas, que sirve y que los chilenos tragan chupándose los dedos pero que a mí me dan un poco de asco porque recuerdo que mi primo era un pajero empedernido que se hacía cuatro y cinco pajas cuando llegaba del colegio mirando la colección de *Playboy* que tenía su padre en su baño, y entonces siempre que mi primo me trae un plato muy refinado, muy bien decorado, una exquisitez culinaria, me pregunto si se habrá lavado bien las manos antes de servirlo o si voy a comer restos seminales del pajero que se convirtió en *gourmet*. Por eso no como en su restaurante ni en general en la calle, prefiero hacerlo en la habitación, y procuro que sea siempre lo mismo: un club sándwich, un jugo de frutas y unos helados. Paso horas mirando con espanto la televisión chilena. Lo que predomina son los bailes y las telenovelas, pero sobre todo los bailes. A cada hora que enciendo el televisor veo pandillas de jóvenes haciendo cabriolas más o menos pornográficas y moviéndose con ritmos afiebrados, generalmente brasileros, mientras un animador con cara de cornudo los arenga a moverse más frenéticamente y estimula de esa manera el concurso, aunque más parece un *casting* para elegir a una puta de precio módico o a un puto de similar precio. En suma, la televisión chilena, en la que antes veía a muchos curas vestidos de curas hablando de religión pero también de otras temas, incluso de fútbol (estoy seguro de que había un cura vestido de cura que era comentarista deportivo y se exaltaba o emocionaba de tal modo describiendo las pericias y habilidades de los enanos futbolistas contrahechos chilenos que uno podía sospechar que el susodicho cura vestido de cura, más que gozar del fútbol, soñaba mamársela a cualquiera de esos peloteros de pacotilla a los que elogiaba de ese modo impúdico y absolutamente farsesco); en suma, decía, ya no veo curas en la televisión chilena, lo que veo es un número abultado de morenos lujuriosos y putitas calenturientas que bailan unas músicas satánicas haciendo quiebres y requiebres que simulan el acto de la fornicación, siempre azuzados por un animador con cara de cornudo, y no encuentro la razón que me explique el éxito de estos chirriantes programas de incesantes baile y puterío, y de exhibición de la entrepierna como la zona más valiosa del cuerpo. Notable cambio ha experimentado la televisión chilena. Ha de ser que los curas se han muerto ya todos y que estos que bailan como poseídos por un demonio libidinoso son hijos de esos curas que antes predicaban en los mismos canales que hoy organizan estos espeluznantes concursos de baile, que además duran tres y cuatro horas y exhiben jóvenes de distintos países o al menos a muchos que hablan con acento brasilero y que seguramente son putos y putas brasileros residentes en Chile, requeridos sin duda porque les dan un aire internacional a los programas. Viendo esos adefesios vocingleros me pregunto si muchos jóvenes anónimos, comunes, bailarán también así, como esos grupos que compiten entre sí dejando la pista de baile mojada de sudor y de otras secreciones innombrables, aunque a veces algún participante resbala por la mala fortuna de pisar una mucosidad nasal o una flema viscosa o un brote prematuro de esperma. La lectura de los periódicos chilenos y la contemplación de la televisión chilena me inducen a pensar que si no llega pronto Alma Rossi deberé encontrar la manera de matarme (siendo la más simple saltar desde la terraza adyacente a la piscina y, con suerte, aterrizar sobre una vieja beata pinochetista y romperle la cresta).

Sé que mi primo, menudo gilipollas con cara de mono, pajero consuetudinario que amasa fortuna vendiéndoles pescado crudo con cebolla a los chilenos, que se sienten así cosmopolitas, no cumplirá su promesa, no me conseguirá la pistola. Entonces debería matar a Alma Rossi con las manos, sujetarla con fuerza, ahorcarla y estrangularla hasta verla lanzar el último estertor, sus ojos llenos de pavor y odio, suplicándome una oportunidad final que no le será concedida. Sé, sin embargo, que no soy capaz de tal cosa, que no tengo suficiente hombría para hacerlo, que ella me dominaría y acabaría estrangulándome, no solo porque es mentalmente superior a mí, sino porque creo que físicamente también lo es, de manera que, en caso de una riña, mucho me temo que ella prevalecería. No sería, por otra parte, una mala manera de morir, morir ahorcado por ella, morir en sus manos, en sus brazos, con la suya como la última cara que yo pueda mirar.

No debo dejarme vencer esta vez, como me ocurrió ya en Lima, por la debilidad, por ese sentimiento pusilánime y desgraciado que algunos llaman amor; no debo dejar que su belleza me turbe al punto de paralizarme y hacerme cambiar de planes; tengo que matarla por eso de un modo suave, delicado, que guarde armonía con lo que ella es. La mataré sin recurrir a forma alguna de violencia. La mataré tomando el té. La mataré sin que ella sepa que el té que está bebiendo en la terraza del

Ritz tiene una pastilla molida de la dosis más potente de Viagra y otra similar de Rinostat, que, si tengo suerte, le provocarán, una o dos horas después, un ataque al corazón. Solo tengo que conseguir esas pastillas. Únicamente las venden con prescripción, así que será preciso sobornar a algún médico peruano o chileno y comprarlas en la farmacia frente al hotel. ¿Tomará Alma Rossi el té que yo le sirva en la terraza del Ritz? ¿Confiará en mí, o al menos tendrá ganas de tomar el té conmigo? ¿O me mandará a la puta madre que me parió, como hizo en la carretera? No lo sé. Solo sé que si no llega pronto voy a enloquecer y voy a terminar tomando yo mismo el Viagra con Rinostat a ver si me da un infarto o se me pone dura o todo a la vez. Alma, cabrona, ¿dónde coño te has metido?

OCHO

Nos suelen decir que somos hijos de Dios. Mentira. Dios no existe. Nos suelen decir que somos hijos del amor. Mentira. Nuestros padres no hicieron el amor para darnos vida: copularon, follaron, tiraron, se montaron, sucumbiendo a una calentura y el embarazo sobrevino como un mal necesario. Nos suelen decir que somos hijos de nuestros padres. Puede que sea mentira, a no ser que tengamos una prueba genética. No somos hijos de nadie, somos hijos de un espermatozoide que se desliza como un renacuajo para fecundar a un óvulo en el que se aloja para no morir. Somos hijos de una verga y una vagina, de una verga que casi con seguridad no quería procrearnos y de una vagina que casi con seguridad fue horadada por esa verga o por otras vergas mientras nosotros, fetos ciegos, aguardábamos el momento de ser expulsados al mundo. Hijos como somos de una verga y una vagina, hijos indeseados e indeseables, hijos del azar y de la calentura, ¿alguien se atreve a condenar que un hombre como yo se sienta con pleno derecho de matar a un puñado de criaturas contrahechas qu no son sino secreciones viscosas de una verga y una vag na? Hay abortos terapéuticos: pues también hay crímen terapéuticos, y a eso me dedico ahora, para eso he venido a Chile.

NUEVE

Ya no sé si quiero seguir matando o si lo que en verdad quiero es matarme. Matar a los que odio es solo una manera de prolongar lo que tarde o temprano acabaré haciendo, que es matarme. No encuentro razones para no matarme. No encuentro razones para seguir viviendo si no puedo vivir con Alma Rossi. Sé que esto sonará cursi y que lo es, pero solo ella le da sentido a mi vida en este momento, y a ella no le importa mi vida, y entonces a mí tampoco me importa mi vida. El problema es uno de valor, o de cobardía. Me da menos miedo (o casi ningún miedo) matar a los que odio que matarme a mí. Me odio, pero mucho menos de lo que odio a los que he venido a matar, mucho menos de lo que odio a Alma Rossi por no amarme. Lo decente sería matarme y dejar en paz a esa mujer. Lo decente sería saltar al vacío desde la terraza del Ritz de Santiago. Pero no soy una persona decente, carezco de coraje o de instintos para serlo. Soy una persona miserable, en el sentido de que la miseria que habita en mí es lo que más ha crecido con los años, lo que más he llegado a estimar en mí, lo que más claramente define quién soy. Lo honorable sería matarme y dejar que los otros vivan. Sin embargo, no sé (nunca lo supe, creo) qué es el honor. Solo sé que nada de lo que anima mis pasos es honorable y que cuando pienso en matarme, pienso enseguida que no es lo justo, que no debo hacerlo todavía, que lo poco de humano que queda en mí me pide matar primero a Alma Rossi, matar al puñado de cretinos chilenos a los que mataré entretanto y con suerte entreteniéndome, y solo entonces, si acaso, encontraré el valor o la determinación o la serena lucidez para acabar con mi vida. Soy ya un hombre muerto a pesar de que mi corazón sigue latiendo. Soy ya un cadáver a pesar de que sigo respirando y andando. Me mató Alma Rossi en el desierto y por eso ahora necesito matarla, porque solo matándola conseguiré estar con ella para siempre. Si no quiere vivir conmigo o si no quiere verme en modo alguno como parte de su vida, entonces no debe tener vida alguna, no merece seguir viviendo. Lo que ella me ha arrebatado, que es la pasión o la mínima esperanza por seguir vivo aferrándome a unos hábitos placenteros, es lo que siento ahora que debo arrebatarle a ella, y con pleno derecho. Que su pasión por seguir viva se encienda en la hoguera de mi destrucción me resulta intolerable, inhumano. No tengo dudas de que Alma Rossi no me ama, nunca me amó, nunca podría amarme, pero lo que más me desespera es la certeza de que tampoco me odia, nunca me odió, no podría rebajarse a odiarme porque lo que ella secamente siente por mí es el viento helado del desprecio, un viento que corroe mis entrañas y me hace llorar sangre, mear sangre, cagar sangre. Debo matarla pronto o matar a alguien pronto porque esta indignidad a la que ella me ha reducido es una sensación que se aproxima peligrosamente a la de profesar un odio visceral ya no por ella sino por mí, por lo despreciable que debo de ser para que Alma Rossi me desprecie como me desprecia. Es precisamente por eso que tengo que matarla, porque sé que ella tiene razón y porque la certeza de que su desprecio tiene fundamentos éticos y estéticos me convierte en un muerto o en algo peor que un muerto: en alguien que sigue vivo y que quisiera estar muerto pero que no tiene los cojones para matarse y por eso, por cobarde, termina matando a otros. Lo siento, Alma querida, pero, aunque no me creas, te mataré porque te amo.

DIEZ

Conocí a Alma Rossi hace casi veinte años. Me llamó por teléfono y me pidió una entrevista para una revista cultural que nadie leía. Me sorprendió la firmeza de su petición: no cabía decirle que no. Quise citarla en mi casa pero ella me dijo que prefería verme en un café. Me desconcertó que no deseara conocer mi casa, mi estudio, mi biblioteca. Le pregunté por qué quería hacerme la entrevista en un café. *No confío en nadie*, me dijo. Entonces le sugerí encontrarnos antes en una librería. Eso daría pie a una charla sobre libros.

Cuando la miré, lánguida y ausente y sin embargo neuróticamente atenta a los más nimios detalles, supe que podía enamorarme de ella. Pero cuando oí su voz, cuando escuché el modo lento, cadencioso y casi susurrante en que me hacía preguntas, supe más: que estaba enamorándome de ella. Al mismo tiempo, noté que ella se mantenía distante y no se permitía ninguna señal de calidez o de simpatía que rompiera el rigor profesional, y sin embargo supe que había surgido una extraña atracción entre ambos. Recuerdo que esa tarde noté, ya en un café de Dasso, que estaba vestida toda de negro, con el pelo negro y lacio recogido y con anteojos negros, como si viniera de un velorio o un funeral. Recuerdo también que me dio la impresión de ser una mujer infinitamente triste y sola.

La llamé por teléfono para agradecerle la entrevista apenas salió publicada, pero solo pude dejarle un mensaje que ella no contestó.

Poco después, me llamó y me preguntó si quería tomar otro café con ella. No lo dudé. Nos citamos en el mismo café donde habíamos charlado la primera vez. Para mi desconcierto, de nuevo llegó vestida de negro. En algún momento no pude evitar preguntarle por qué le gustaba vestirse íntegramente de negro.

—Porque estoy de luto —me dijo.

Me quedé callado, arrepentido de haber formulado esa pregunta, y ella también se quedó muda, dejándome sufrir. Pero yo no estaba dispuesto a preguntarle quién había muerto.

Por suerte, tras ese ominoso silencio, ella me lo reveló:

—Murió mi madre.

No quise indagar cómo había ocurrido. Me pareció advertir que a Alma Rossi no le gustaban las preguntas y que ella decidía cuándo, cómo y qué te iba a contar.

—Lo siento —le dije, simplemente.

—Vivía con ella —dijo—. Viví con ella mucho tiempo.

—Mis condolencias —insistí, pero ella ni me miró y llamó al camarero y pidió otro café.

—No es fácil acostumbrarse a estar sola —dijo, por fin, cuando yo empezaba a creer que había enmudecido para siempre.

—No, no es fácil, pero cuando te acostumbras, tiene su encanto —la animé.

—Mi madre era todo para mí —dijo ella—. Nadie me quiso como ella. Desgraciadamente, ella nunca supo quererse.

—¿Por qué lo dices? —pregunté.

Me miró como dudando si podía confiar en mí.

—Porque fue una mujer muy triste, muy desdichada. Tuvo una vida trágica.

Cuando Alma Rossi dijo esa palabra, *trágica*, entendí que la tragedia no se limitaba a la vida de su madre, que la suya había sido también, por extensión, inevitablemente, una vida signada por el dolor y el sufrimiento.

—Mi padre tuvo la culpa de todo. Viejo de mierda.

Ahora Alma Rossi parecía levemente perturbada o azuzada por un sentimiento de odio, por un deseo de venganza.

—¿Tu padre vive?

Alma hizo una mueca que pareció una sonrisa desdeñosa.

—No, por suerte. Se mató hace muchos años.

No tuve valor para interrogarla sobre los detalles.

—Se pegó un tiro el día de navidad, cuando mi madre y yo estábamos horneando el pavo y preparando el puré de manzanas —dijo secamente, como si leyera un parte policial—. Lo encontramos sentado frente a su escritorio con la cabeza reventada, los sesos desparramados atrás, pegados a la pared. Tenía los ojos abiertos. Me miraba. Parecía vivo. Pero el muy cobarde se había matado.

—Qué mal día para matarse —me animé a decir.

—Lindo regalito de navidad —dijo ella, con ironía.

—¿Dejó una nota? —pregunté.

—No —respondió ella—. Ninguna explicación. Ninguna pista. Tenía varios millones en el banco. No trabajaba. Quizás fue eso lo que lo mató: no trabajar, no hacer nada, sentirse inútil.

—¿Y no se llevaba bien con tu madre?

—No. Nunca se llevaron bien. Dormían en habitaciones separadas. Nunca los vi besarse o tomarse de la mano.

—¿Por qué crees que se mató? ¿Solo porque se sentía inútil y estaba deprimido?

—No —dijo ella, y no dijo más.

Entendí que no debía preguntar nada más, que debía esperar.

Pedí otro café y la cuenta. Ella pidió un vaso con agua y fue al baño. Cuando regresó advertí que caminaba con suma delicadeza, como midiendo cada paso, como si estuviera al borde de un abismo, a punto de caer. Me pareció una mujer enormemente frágil y al mismo tiempo de inmensa fortaleza, aunque escondida.

Se sentó, me miró fijamente y habló:

—Tal vez podríamos ser amigos.

—Me encantaría —dije, atropellándome.

—Amigos, solo amigos —aclaró ella.

—Sí, entiendo —dije, sin entender nada.

Luego se hizo un silencio, pagué la cuenta y cuando me levantaba tras decirle que nos fuéramos, me detuvo con un suave movimiento de su mano derecha.

—La tragedia no comenzó con el suicidio de mi padre —dijo, y yo esperé a que continuara—. La tragedia comenzó cuando nací yo —sentenció.

—No digas eso, Alma, por Dios —dije, y traté de tomarla de la mano, pero ella la retiró y siguió.

—Es así, Javier, es así. Todo se jodió cuando yo nací.

ONCE

Pedro Vidal debe morir. Debe morir porque fue una cucaracha conmigo y me humilló sin compasión y porque se cree el rey del mambo cuando es solo un mediocre y un trepador y un adulón de su jefe Larraín, el director del canal de televisión. Par de camaleones aceitosos, par de pelotudos infatigables. Primero me cargaré al enano viscoso de Vidal (una menuda bola de grasa que se pasa los días jactándose de las grandes teleseries que ha producido y que son, por supuesto, una no tan menuda bola de caca) y luego despacharé al huesudo mamón de Larraín. Chilenos tenían que ser: par de arribistas sin escrúpulos, par de crápulas interesados únicamente en robarle dinero al canal público y no en la excelencia de los programas que difunden. Tengo pruebas (o me han contado) de que son un par de ladrones, pues en las ferias de televisión se llevan siempre una jugosa comisión por comprar o vender teleseries, como llaman en Chile a las telenovelas. Tengo también pruebas (y eso no me lo han contado, eso lo he vivido) de que son un par de ilustres cabrones y de que no tienen modales y de que conmigo se portaron como unas ratas de albañal. Bien mirados, ambos tienen cara de rata: Vidal, de rata gorda; Larraín, de rata desnutrida.

Como no he podido conseguir una pistola o un revólver en Chile, he comprado, por si acaso, cinco cuchillos de hoja ancha y filuda, cuchillos como para ir de campamento, cuchillos lo bastante grandes y punzantes y acerados como para matar a un hombre, degollándolo o asestándole diez cuchillazos en la panza o un tajo profundo a la altura del corazón. Los cinco cuchillos son iguales y quizás cada cual será hundido en la carne flácida y pestilente de una de mis víctimas. Elegí los que el vendedor me recomendó como los más eficaces para cortar a un animal muerto. Le dije que era cazador, que saldría de cacería, y me sugirió el más poderoso y letal de sus cuchillos. Cuando le dije que quería cinco, se sorprendió. *Es que voy con mis cuatro hijos*, argumenté, y me creyó, o simuló creerme. Yo tenía puestas unas gafas oscuras y un sombrero, pagué en efectivo y procuré hablar con el odioso acento chileno para que el sujeto no reconociera en mí a un peruano. Los peruanos en Chile no gozamos de buena reputación, y de haber detectado que yo era uno, quizás no me hubiera vendido cinco cuchillos que bien usados podían ser mortales para una criatura humana.

Desplegué los cinco cuchillos, liberados de sus fundas, sobre la cama del hotel y una luminosidad mórbida y hechicera me llenó de odio y me recordó la urgencia de matar.

No debía emboscar a Vidal en el canal de televisión: era un lugar lleno de gente, incluso la cochera era peligrosa. Debía emboscarlo fuera de allí, lejos, y sin dejar rastro alguno de mí, ninguna llamada al canal o a su celular, ningún correo electrónico, nada que me delatase, pues los policías chilenos, los jodidos carabineros, son sin duda más diligentes o menos pasmados que sus colegas peruanos, y de ninguna manera quería terminar en la portada de *Las Últimas Noticias*, esposado, rumbo a una cárcel chilena donde me pudriría hasta morir no sin antes ser violado por reos babosos, desaforados.

Vidal vivía en un cerro en las afueras de Santiago, o al menos allí vivía cuando quiso contratarme. No era una gran mansión, pero tampoco una casucha despreciable la suya. Siendo una bola de grasa exenta de talento alguno, Vidal se sorprendía de haber conseguido habitar en esa casita moderna, pretenciosa, en un cerro donde vivían los ejecutivos, los que tenían plata, los que no querían apiñarse en un edificio y buscaban respirar un aire menos viciado. Como Vidal, cuando lo conocí, estaba tan obviamente orgulloso de su casa (mucho más que de su esposa, la enana regordeta y chirriante a la que mandaba a la cocina), me había invitado a cenar varias veces allí, por tanto no fue difícil para mí tomar un taxi y dirigirme hacia ese cerro urbanizado y trepar por un camino angosto, serpentino, polvoriento, hasta llegar a la caseta de seguridad que marcaba el ingreso al conjunto residencial, un puñado de casas más o menos grandes, no mucho en realidad, pero sí con un buen pedazo de jardín y a suficiente distancia unas de otras como para no escuchar los orgasmos de los vecinos, y rodeadas por un cerco eléctrico, cerco que impedía penetrar a esa pedorra urbanización de nuevos ricos ensimismados.

Comprendí rápidamente que no debía matar a Pedro Vidal en su casa. Para entrar debía identificarme en la caseta de seguridad. Eso me hubiera obligado a matar también al guardia, pero el guardia llevaba arma de fuego y yo apenas un cuchillo, aunque con pulso firme, homicida. Tras examinar la situación, y recordando que Vidal siempre regresaba al cerro donde vivía ya entrada la noche, después del telediario de las nueve, me resultó evidente que matarlo sería más fácil de lo que había imaginado.

Tuve que comprar algunos objetos que facilitarían la tarea higiénica que me disponía a acometer y que encubrirían apropiadamente mi identidad: unos guantes plásticos para no dejar huellas, un pasamontañas de lana para cubrirme el rostro y al que añadí dos agujeros a la altura de la nariz para poder respirar, un rollo de esparadrapo industrial, una linterna potente, unas botas de goma de suela plana, de huella indistinguible, y un bidón de querosene y una caja de fósforos.

Luego compré lo más importante: una vespa de color negro. Pasé dos o tres días dando vueltas por los alrededores del hotel para recordar los días de mi juventud, cuando montaba moto sin dificultad, hasta que conseguí dominar y disfrutar la flamante vespa.

La noche en que Pedro Vidal debía morir, no había salido la Luna en Santiago, o si había salido se la había tragado el *smog*, porque era una noche densa, oscura, una noche perfecta para matar sin ser visto. Metí todos mis utensilios criminales en una mochila, me la coloqué a la espalda, subí en la moto y me dirigí a eso de las ocho de la noche hacia el cerro donde vivía mi víctima. Después de dar algunas vueltas por las primeras curvas más desoladas, elegí el lugar donde lo sorprendería, un punto de ese ascenso terroso donde no había sino vegetación a ambos lados, pues las casas estaban más arriba del cerro, pasando la garita de seguridad, pero (todavía) no las había en las faldas o a la mitad del cerro, de modo que era obviamente allí donde debía esperar a la bola de grasa trepadora de Pedro Vidal, chileno rechoncho con aires de ganador nato, perfecto hijo de puta, mercenario profesional, vendido al mejor postor, incapaz de descolgarse con una idea digna, plagiario de todos los formatos exitosos de televisión, o sea el típico gerente de programación de un canal latinoamericano, un insecto voraz, depredador, un hampón pendenciero y putañero, un ladrón diestro en repartir su botín para poder seguir robando.

Debía actuar con rapidez y determinación. Escondido entre los matorrales con mi moto y mi cuchillo, veía pasar cada cinco o diez minutos a un auto que bajaba o subía por ese sendero afortunadamente angosto y con penumbra, sin que nadie, en la media hora que llevaba esperando, lo recorriera caminando o en moto o en bicicleta. Solo iban autos más o menos lujosos, y casi todos subían hacia las casas del cerro y muy pocos bajaban. Conocía la rutina de Vidal porque él me la había contado: nunca se iba del canal antes de que terminara el telediario a las diez y llegaba a su casa a eso de las diez y media. Conocía también el vehículo que conducía: una camioneta Hyundai 4x4, color marrón caca.

Sentado en la moto, oculto tras un árbol, miré mi reloj y supe que la vida de Vidal estaba a minutos de expirar para el bien de su canal, de su esposa, de su patria querida y de la humanidad en general. Bicho estropajoso, ¿quién chucha te crees para hacerme grabar dos pilotos y luego mandarme a la mierda? Pagarás caro, piojo gordo. Te voy a hacer anticucho, te voy a hacer ceviche, rata obesa. Cada vez que escuchaba a lo lejos el rumor metálico de un auto subiendo, prendía mi linterna discretamente para ver el modelo del vehículo y, si tenía alguna duda, el rostro de su conductor. Poco antes de las diez y media, mi linterna iluminó la camioneta del piojo gordo. Para estar seguro, la dirigí fugazmente hacia su cara de rata de alcantarilla. Era él, Pedro Vidal, gerente de programación del canal de los cojones. De inmediato ejecuté el plan: manejé la moto en bajada, sin el pasamontañas, con el rostro descubierto, y como no esquivé la camioneta que subía, obligué a Vidal a detenerse, sorprendido: ¿qué carajo hace el escritor peruano Javier Garcés conduciendo una moto en mi cerro a esta hora de la noche? Por eso no lo contraté, porque este peruano, como todos los peruanos, es un imbécil a la vela. Como sus luces me alumbraban y era él quien podía verme mientras yo fingía no saber quién conducía la Hyundai, me hice el distraído y moví la moto como tratando de darle paso a la bola de grasa. Pero él, canchero, ganador, cayó redondo en la trampa: abrió la puerta, se bajó y dijo:

—Oe, huón, ¿qué mierda haces montando moto acá? ¿Qué ha sido de tu vida, pues, huón? Tanto tiempo sin verte.

—Pedrito querido —le dije, bajando también de la moto.

Se acercó y me dio un abrazo, y cuando lo hizo clavé uno de mis cuchillos en su vientre no una sino dos, tres, cuatro, cinco veces, y a la quinta vez lo hundí más profundamente y lo revolví, y solo entonces se desplomó con los ojos abiertos, incrédulos. No podía perder tiempo. Le asesté al menos diez cuchilladas más y le hice un tajo profundo en la garganta del cual salió un chorro de sangre que me manchó y me cercioré de que esa alimaña estuviera muerta. Luego le quité el reloj y la billetera para simular que el móvil había sido un robo y enseguida rocié con querosene su cadáver infecto y tantas veces agujereado y dejé caer un palito de fósforos encendido y escuché cómo ardían y crujían sus huesos mientras me alejaba raudamente en mi vespa, de regreso al hotel.

¡La puta que te parió!, grité, eufórico, cuando estaba ya lejos de la escena del crimen. *¡La puta que te parió, Pedro Vidal de los cojones!*, grité. Qué rico fue hundir ese cuchillo en la panza de esa araña. Fue mucho mejor que matar a balazos. Pude sentir la punta de mi arma revolviendo sus tripas y distinguir en su aliento entrecortado los estertores de la muerte. *¡Me cachen!*, grité, feliz,

la moto haciendo silbar el viento que revolvía mi pelo, la cabeza descubierta, sin casco. Ser escritor era un aburrimiento del carajo; matar a Pedro Vidal a cuchilladas y luego quemarlo ha sido el momento más perfecto (moral y estéticamente perfecto) de mi vida.

DOCE

Cuando Alma Rossi acababa de cumplir doce años ocurrió algo que ella nunca pudo olvidar. No era una niña feliz en el sentido de que hiciera visible o resultara patente su felicidad, pero era una niña moderadamente satisfecha de ser quien era, hasta ese día en que ocurrió la primera gran desgracia en la vida de Alma Rossi. Alma estaba de vacaciones del colegio, era verano. Su padre había salido. Alma se entretenía viendo programas de música en la televisión. Fantaseaba con ser una rockera. Cuando nadie la veía, se subía al sillón y tocaba una guitarra eléctrica imaginaria y soñaba con que una multitud enardecida la ovacionaba. En esos delirios se hallaba cuando escuchó el auto encendido en el garaje de su casa, un espacio cubierto. Supuso que su madre saldría de compras o a la peluquería o a visitar a una amiga. No le disgustó la idea, le agradaba quedarse sola en la casa para subir a las habitaciones de sus padres y buscar cosas raras en los cajones (hasta entonces lo más raro que había encontrado eran condones y revistas de mujeres desnudas en el baño de su padre). Sin embargo, pasaron los minutos y el auto no se fue, seguía emitiendo el ruido quieto, metálico, sin moverse del garaje. Alma supuso que su madre estaría distraída o quizás calentaba el motor. Pero cuando pasaron cinco minutos más y el auto seguía sonando y no se abría el portón automático y no se ponía en marcha, Alma dedujo que algo malo podía estar pasando. Por eso se acercó al garaje. Vio en efecto que el auto, un vehículo americano de cuatro puertas, automático, estaba encendido, pero no había nadie sentado en el asiento del piloto, no había nadie en el interior. Alma sintió que algo malo definitivamente estaba ocurriendo. Se aproximó al auto, miró por las ventanas, verificó que no había nadie. Fue entonces cuando reconoció una pierna y un zapato que con seguridad correspondían a su madre. Se acercó con sigilo hacia la parte trasera del auto y fue esto lo que vio: su madre de rodillas, aspirando el humo del tubo de escape, tragando bocanadas de esos gases tóxicos, mirándola de pronto con los ojos alunados y, sin embargo, a pesar de ver que su hija estaba allí observándola, seguía chupando el veneno que emitía el tubo de escape para morirse de esa forma horrenda, humillante. Alma tuvo que zarandear a su madre y tirarla con fuerza para alejarla del tubo de escape y salvarla de morir. Su madre se quedó echada, llorando. Alma se sorprendió del aplomo con que gobernó tan caótica situación: acarició brevemente a su madre, subió al auto, apagó el motor, se dirigió al teléfono y llamó al número de urgencias médicas. Cuando la ambulancia se llevó a la madre suicida, Alma parecía estar tranquila. Pero algo se había roto en ella para siempre. Esa imagen, la de su madre agachada detrás del auto aspirando el humo para matarse, quedó grabada en su memoria como una mancha que le provocaba a un tiempo dolor y vergüenza.

TRECE

Alma Rossi debía de tener cinco años cuando su padre le contaba los cuentos más divertidos y chiflados, echado sobre la cama de ella. Era un momento de gran placer para ambos: ella se reía de los disparates que inventaba Nicola Rossi y él gozaba comprobando que el poder de su imaginación para urdir ficciones se hallaba invicto. Luego Alma debía dormir pero no quería hacerlo y le pedía a su padre que le diera besitos allí, en el cuello. Lo que comenzó como un juego esporádico casto e inocente, se hizo luego un hábito malsano: Alma Rossi se abandonaba, los ojos cerrados, a que su padre besara su cuello, su nuca, sus orejas, a que su padre lamiera su cuello, mientras ella suspiraba y no reprimía el placer que esa lengua inquieta le provocaba y se tensaba y enroscaba sus piernas en la pierna de su padre y él, no podía evitarlo, se acercaba más a ella por detrás, siempre besando y lamiendo su cuello, y le sobaba levemente su verga erecta, y Alma Rossi no sabía que era eso duro o quizás sí lo sabía, pero era ella quien enroscaba sus piernas cerca de esa dureza y se movía, y cuando su padre le decía que mejor ya no siguieran, ella le pedía más, que no parase, y en enroscaba más fuertemente y buscaba la parte dura y se friccionaba con ella y el señor Rossi sentía a partes iguales culpa y placer y encontraba fascinante atestiguar cómo una niña tan niña podía ser, sin embargo, tan segura y descarada para satisfacer sus deseos sexuales. Alma Rossi era muy pequeña para saber si llegaba o no llegaba a un orgasmo, pero no lo era tanto para saber que todas las noches le exigía a su padre cuentos humorísticos y luego una acalorada sesión de besos y lamidas en el cuello que solo cesaba cuando, ya mojada, ella sentía que habían expirado el deseo, el ardor, el calor allí abajo, la necesidad de sobarse y de ser lamida en ese punto tan sensible de su cuello (pues era ella quien señalaba con un dedo el lugar donde su padre debía besarla y era ella quien le decía *ahora lame, ahora lame*), y entonces se daban un beso en la mejilla y el señor Nicola Rossi se iba con la verga dura, o a veces, aun peor, con una mancha en la entrepierna porque se había corrido besuqueando y lameteando el cuello de su hija. Esta rutina de cuentos y besos y lamidas en el cuello duró años, al menos cinco o seis, hasta que Alma Rossi cumplió doce y empezó a desarrollar el cuerpo de una mujer. Fue entonces cuando su padre, al ver que ella ya tenía tetas y al intuir que ya tendría vello púbico, sintió miedo o vértigo y le dijo que mejor ya no seguirían jugando al besito y la lamidita en el cuello porque podía hacerle daño. Alma Rossi entendió y se quedó en silencio, pero en el fondo sintió que su padre era un cobarde y que si habían pasado seis años de su niñez sobando sus entrepiernas y ella viniéndose y él corriéndose no era tiempo para esgrimir con pudores e inhibiciones. Alma Rossi se sintió rechazada y defraudada por su padre precisamente cuando ella creyó que, por la hinchazón de sus pechos y la amplitud de los contornos de sus glúteos, debía ser más deseada. Entendió que su padre tenía miedo de que la cosa se descontrolara más; entendió que su padre no quería sacarse la verga, que ella nunca había visto, nunca había tocado, solo la había sentido dura, y solo había oído a su padre cuando se corría sobándose con ella. Pero Alma Rossi nunca consideró que su padre abusaba de ella. Era ella quien ejercía pleno dominio sobre él, y todo lo que ocurría lo ordenaba ella. Fue por eso que cuando su padre le dijo que ya no jugarían más, Alma Rossi odió un poco a su padre, porque ella quería seguir jugando o, en todo caso, ella quería tener el poder para decidir cuándo y cómo terminaría el juego. Pero el juego terminó porque Nicola Rossi sintió que si no dejaba de besar y lamer el cuello de su hija, un día muy cercano iba a bajarle el pantalón del piyama y le iba a meter la verga y eso ya le parecía francamente abyecto, mientras lo otro solo le parecía un juego que Alma se había inventado y que él había accedido a jugar para procurarle unos placeres que él nunca hubiera imaginado que una niña tan pequeña podía desear tan clara y ardientemente.

CATORCE

Nicola Rossi, hijo de italianos avecindados en Lima, hizo una fortuna como constructor inmobiliario. Se graduó de arquitecto pero no tardó en comprender que el dinero estaba en construir edificios y vender departamentos, y a ello se dedicó con tenacidad, ingenio y absoluta falta de escrúpulos para sobornar a cuanta autoridad fuera necesario «romperle la mano» o «lubricarle la mano» para que le expidiera cualquier permiso. Hijo de un panadero y una costurera que habían huido de la Italia fascista y habían encontrado en Lima una ciudad acogedora para sus limitadas ambiciones, Nicola Rossi supo desde muy joven que primero era el dinero, después venían las mujeres y, casi simultáneamente con ellas, las bebidas alcohólicas. Amaba ganar dinero, amaba a las mujeres aun si eran feas y amaba todas las bebidas alcohólicas aun si eran baratas. Era millonario, mujeriego y borracho y era sobre todo un hombre encantador. Sin embargo, el rasgo más conspicuo de su personalidad, o su extravagancia más notable, era una que muy pocos le conocían y que a su hija Alma Rossi siempre le pareció incomprensible y al mismo tiempo estimable: Nicola Rossi era un lector voraz, insaciable, impenitente, un hombre capaz de despacharse una novela en un día, un hombre que siempre llevaba un libro consigo y que leía en el auto, cuando manejaba el chofer, en la peluquería, en la oficina mientras esperaba a alguien, y ciertamente en su casa, cuando se tiraba en la cama vestido y con zapatos y se sumergía en ese otro mundo, el de los libros, que parecía embrujarlo, hipnotizarlo, e interesarle más que el mundo real. Pero no era esto lo que más llamaba la atención de Alma Rossi y de quienes mejor lo conocían: era el hecho insólito de que Nicola Rossi, nada más terminar de leer una hoja, la arrancaba de cuajo y la arrojaba, adondequiera que cayera: por la ventanilla del auto en el que se trasladaba, al suelo del banco donde esperaba a que lo atendieran, de su oficina, de su casa. Por donde pasaba, Nicola Rossi iba dejando una alfombra o una estela de hojas recién leídas y arrancadas, de modo que no tenía una biblioteca, no guardaba nunca un libro, libro que leía era libro que tiraba hoja por hoja y sin importarle que estuviera tirando esas hojas a la vía pública o al piso de una oficina, una agencia bancaria, un local comercial o cualquier rincón de su casa. Su esposa, Nina Rossi, se había resignado ya al hecho incorregible de que Nicola leía libros para desencuadernarlos y dejarlos regados a su paso, y no se daba el trabajo de recoger las hojas que tiraba el lector empedernido que era su marido. Pero Alma Rossi, intrigada por esa curiosa manía de su padre, no perdía ocasión de recoger cuanta hoja pudiera de las que había tirado su padre en la casa o en la acera cuando salía a caminar por el parque leyendo al mismo tiempo. Fue así como Alma Rossi se hizo adicta a la lectura: leyendo no libros sino hojas de libros que su padre iba dejando tiradas. Y fue así como Alma Rossi comprendió tres cosas: que su padre estaba loco, que todos los libros estaban reunidos en un solo libro o en una sola página y que nada tenía sentido, que todo era un caos y que con seguridad su vida sería un caos también. En cierto modo, Nicola Rossi, sin quererlo, preparó a su hija Alma para el caos que, en efecto, estaba por venir.

QUINCE

Alma Rossi no pudo olvidar nunca el alarido demencial que lanzó su madre en el baño. No fue un grito, fue algo más desgarrado y aterrador que un grito, fue un pedido de auxilio y un chillido de espanto, de asco, de angustia pura. Siendo Alma Rossi una niña, corrió al baño a socorrer a su madre. Lo que encontró la dejó pasmada más que asustada: su madre estaba con los pantalones y los calzones abajo, los ojos desbordados de pavor, mientras una rata corría por el baño buscando un escondrijo, una salida. La señora Rossi evitaba moverse para que la rata no se acercara a ella. Alma reaccionó con sorprendente madurez para una niña de su edad. La rata le causó miedo pero más miedo le dio ver a su madre en ese estado de pánico e indefensión, y por eso ayudó a la rata a salir por la puerta que ella había abierto. Luego se enteró por los gritos de su madre que la rata le había mordido el trasero en el momento en que ella se había sentado en el inodoro. Parecía inverosímil, pero la señora Rossi no podía estar mintiendo: se había dispuesto a orinar, había alcanzado a oír unos ruidos en el inodoro, luego la rata había saltado desde el agua y le había dado un mordisco, y allí estaba la herida en la nalga para corroborar que en efecto la señora Rossi había sido mordida por una rata cuando se disponía a orinar. Tal incidente produjo dos cosas: que se mudaran a otra casa, pues la señora Rossi no podía seguir viviendo en ese lugar donde creía que se encontraría con otra rata en el momento más impensado, y que la señora Rossi fuese siempre acompañada por una empleada doméstica al baño para hacer sus necesidades, por pánico a encontrarse con una rata que saltase desde el inodoro como aquella que le llegó a morder el trasero. Dicho escándalo doméstico tuvo también un efecto colateral: Alma Rossi decidió que era más seguro mear en el jardín de la casa y no en un inodoro, y por eso, discreta y sigilosamente, salía al jardín cuando tenía que aliviar su vejiga y orinaba risueña en alguna esquina sin que nadie la viera. Pero cuando debía defecar no había más remedio que sentarse en el inodoro y dejar que cayeran las deposiciones, aterrada de que pudiera saltarle una rata que por suerte nunca le saltó. Pero esa rata que mordió a su madre fue el mal presagio de lo que estaba por venir.

DIECISÉIS

Alma Rossi asistía a un colegio de monjas alemanas pues sus padres sostenían que el colegio más conveniente era el que quedaba más cerca de casa, de modo que la niña pudiese caminar las tres calles que separaban el colegio de la casa. Siendo Nicola Rossi un lector enfermizo y un hombre culto y se diría que erudito, desconfiaba de los colegios, de la educación académica formal y creía que uno aprendía solo aquello que de verdad le interesaba, no lo que le mandaban a aprender por obligación, de modo que le parecía que todos los colegios eran más o menos inútiles y por eso no le importó que Alma fuese a aquel colegio de monjas alemanas. Pese a tratarse de un colegio religioso de monjas más o menos estrictas y de humor avinagrado, era algo más liberal o moderno que otros colegios religiosos de la época, y por eso se permitía que asistieran niños y niñas, resultando lo que se llamaba «un colegio mixto». La desidia de Nicola Rossi respecto de los colegios en general, que fue la razón por la que su hija entró al colegio de monjas alemanas cercano a su casa, provocó un incidente traumático en la vida de Alma Rossi, incidente del que, sin embargo, su padre y su madre nunca se enteraron. Pues una tarde a la salida del colegio, cuando ella tenía ya doce años (un año antes de la muerte de su padre), Alma salió caminando sola, dispuesta a recorrer sin apuro y mirando los árboles y los pájaros las pocas calles que debía andar para llegar a casa. No contaba con que uno de los niños de su clase era un enfermo, un perturbado, un psicópata. Se llamaba Miguel, y tendría que haber estado en un reformatorio o en una clínica, no en un colegio, pero las monjas alemanas se creían capaces de rehabilitar a ese pequeño monstruo capaz de cometer las peores tropelías. Este crío desaforado, este patán prematuro, este energúmeno de cuidado se había enamorado de Alma Rossi sin que ella por supuesto advirtiera tamaña catástrofe. No hubiera tenido tampoco cómo advertirlo, pues Miguel, el precoz delincuente, no le había dado señal alguna de su interés romántico por ella. Pero Miguel estaba obsesionado con Alma y se hacía pajas y pajas pensando en ella, y hasta en la clase se sentaba atrás y se hacía pajas mirándola sin que ella ni las monjas alemanas lo advirtieran. Una tarde, Miguel salió caminando detrás de Alma y, cuando la tuvo cerca, apuró el paso y tiró de su brazo y, balbuceando y con la mirada extraviada de idiota sin remedio, le dijo *quiero que seas mi hembrita*. Alma soltó una carcajada. No debió hacerlo. No midió las consecuencias que esa risa podía tener en el orgullo malherido del psicópata. De pronto Miguel la tomó por la cintura, la empujó entre insultos y amenazas hacia una callejuela, la arrastró hasta una quinta, la tiró sobre un pequeño jardín, empezó a besuquearla como un enfermo o un baboso, y cuando Alma Rossi pensó que lo peor había ya pasado, Miguel abrió su mochila escolar, sacó una rata muerta y le dijo *te voy a meter la rata, concha tu madre*. Cumplió cabalmente su amenaza: le bajó el calzón a Alma (que no gritó ni opuso resistencia y que contempló todo con sorprendente curiosidad, como si estuviera viendo una película) y empujó toscamente el animal entre los pliegues vaginales de la niña. Luego Miguel soltó una risa de hiena, una risa terrorífica, y salió corriendo. Alma se sentó, se retiró la rata muerta, se puso el calzón y se preguntó si no sería la misma que le había mordido el trasero a su madre. Luego, llorando tranquilamente de camino a su casa, juró por su honor que nunca más un hombre, ni nadie, le metería nada por la vagina, que nunca nadie tocaría su vagina, que nadie la penetraría jamás. Era apenas una niña, y quién hubiera sospechado que, en efecto, esa niña humillada y ultrajada cumpliría con obstinación el juramento de honor que se hiciera aquella tarde.

DIECISIETE

Los hechos que más nos hieren o que más recordamos son a veces pequeñas circunstancias domésticas que podrían parecer triviales, prescindibles. Alma Rossi no tuvo una mala relación con su padre. Llegó a querer y se podría decir incluso que a admirar y hasta a reverenciar a ese señor tan raro. Además, extrañamente, se sentía culpable de los juegos de besos y lamidas en el cuello que habían compartido. Pero nunca como en cierta ocasión en que Nicola Rossi estaba ebrio, lo que era habitual en él, Alma Rossi se sintió tan malquerida y hasta despreciada, y por eso nunca olvidó ese momento aciago. Nicola estaba sentado, viendo la televisión, borracho. Alma se dirigió a él, lo interrumpió. Nicola volteó y la miró con desdén o con algo parecido a la condescendencia o como si estuviera diciéndole lo que nunca le había dicho: *Hubiera preferido que no nacieras, Alma Rossi, has venido a complicarme la vida*. Alma le pidió dinero para salir a comprar un helado. Él la miró con ojos gélidos, preñados de crueldad, y le preguntó: *¿Tú quien eres?* Alma pensó que su padre estaba tan alcoholizado que era incapaz de reconocerla. *Soy tu hija*, le dijo. Pero Nicola Rossi le partió el corazón con una frase que ella nunca pudo olvidar, nunca pudo perdonarle: *No sé quién eres. No eres mi hija. No quiero que seas mi hija.* Nunca más Alma volvió a sentir la reverencia o la fascinación que sentía por su padre. En cierto modo, fue un alivio para ella que ese hombre muriera pronto.

DIECIOCHO

No fue de muerte natural que murió Nicola Rossi. Se suicidó. Se mató cuando su hija Alma, su única hija, tenía trece años. Eligió un día improbable para quitarse la vida. Era nochebuena, 24 de diciembre. Sin tratarse de una mujer religiosa, la señora Nina Rossi respetaba ciertas costumbres o hábitos que según ella traían buena suerte, y una de esas tradiciones era la de asistir a misa de gallo. En rigor, no rezaba ni comulgaba ni mucho menos se confesaba; tampoco dejaba un billete o una moneda cuando pasaban la canasta de las limosnas. De modo que no era por razones religiosas sino por razones supersticiosas por las que Nina Rossi llevaba a su hija Alma, y a veces a su esposo, a oír la misa de nochebuena. Esa vez, Nicola Rossi estaba pasado de copas y con humor sombrío, así que cuando su mujer le preguntó si iría con ellas a misa de gallo, respondió toscamente: *Me cago en Dios y en la puta que lo parió.* Nina Rossi se santiguó apenas escuchó aquellas palabras que juzgó blasfemas, pero su hija Alma no pudo reprimir una risotada. Luego Nicola se encerró en su estudio para seguir leyendo y arrancando las hojas del último libro que leyó, *Los miserables*, que dejó inconcluso o que no quiso terminar de leer.

Nina y Alma Rossi se aburrieron, como era predecible, en la misa de gallo. Nada hacía presagiar que al volver a casa todo habría cambiado para siempre. Fue Alma quien, nada más entrar, subió las escaleras y corrió hacia el estudio de su padre para entregarle una flor que había recogido en el camino. Tan pronto como abrió la puerta, vio a su padre muerto, la cabeza reventada, los sesos adheridos a la pared, la sangre salpicada aquí y allá, los ojos de lechuza o de búho todavía abiertos, como mirándola con angustia infinita. Alma Rossi no gritó, no lloró, no pudo moverse. Se quedó un minuto o dos temblando, paralizada, contemplando esa escena espeluznante. Luego bajó las escaleras (siempre con la flor en la mano) y le dijo a su madre *Dios no existe, mi papá tampoco, soy huérfana*. Todo lo demás fueron alaridos de su madre, el ulular de unas sirenas, las visitas impertinentes de familiares y amigos, la pesarosa ceremonia de simular más tristeza de la que se siente. Una vez más, y esta vez para siempre, Alma Rossi odió a su padre, no por haberse matado, sino por no haberse despedido de ella. Nunca le perdonó esa indelicadeza.

DIECINUEVE

Cuando Alma Rossi trata de recordar a su padre (y en realidad generalmente trata de no recordarlo) son tres las cosas que más perduran en su memoria: el modo culposo y sin embargo delicioso como besaba su cuello cuando era una niña, el modo como sus ojos la miraban ya muerto cuando regresó de la misa de gallo y ella tuvo finalmente que acercarse temblorosa para cerrarle los ojos, y la página manchada de sangre de *Los miserables* que ella guardó y que tal vez fue lo último que alcanzó a leer Nicola Rossi antes de pegarse un tiro. A veces también recuerda (pero esto la hace llorar, y prefiere reprimir o suprimir la tentación de abandonarse a ese recuerdo) el regalo de navidad que abrió cuando por fin se llevaron el cadáver de su padre, el regalo que él le había dejado, sabiendo que al volver de misa ella lo encontraría ya muerto: un ejemplar de *El principito*, dedicado con estas palabras: «Ningún hombre te amará como yo te amé». Por desgracia para Alma Rossi, esas palabras resultaron proféticas.

VEINTE

A Ernesto Larraín, presidente del canal público chileno, un sujeto con cara de estreñido, flaco, enjuto, huesudo, uno de esos peleles que uno sospecharía que jamás han fumado marihuana ni han tenido un buen orgasmo, un señorito conservador chileno que estudió un MBA en los Estados Unidos y que de televisión no sabe un carajo, tenía que matarlo por dos razones: la primera, por puro aburrimiento, porque Alma Rossi no llegaba al Ritz de Santiago y al parecer no llegaría nunca, y para matar el tiempo debía matar enemigos, y la segunda, por un rencor emponzoñado, por una herida del pasado, por la humillación a la que me sometió al hacerme grabar dos programas piloto y al decirme luego que no me contratarían por ser peruano. Debo ser franco: la principal razón era la primera. Porque si Alma hubiera llegado al Ritz o a otro hotel de Santiago, poco o nada me hubiera importado despachar al más allá al papanatas de Larraín, todo mi odio y toda mi sed de venganza se hubieran concentrado en exterminar lenta y tortuosamente a la mujer que más amé y odié, la puta cabrona de Alma Rossi de los cojones. Pero no teniendo noticias de su paradero, y sospechando crecientemente que Alma había huido hacia Ecuador o se había escondido en Lima sin proseguir su fuga hacia el sur, no me quedaba más remedio, para no hundirme en la abulia o la apatía o el tedio o la autocomplacencia de los perdedores, que seguir matando, que honrar mi nuevo oficio de asesino en serie, que matar al pelmazo pelafustán candelejón de Ernesto Larraín, a quien nadie en su sano juicio confiaría la dirección de un canal de televisión en país alguno, pero en Chile ya se sabe que los que dirigen el canal público son nombrados por amistad o por favores políticos o precisamente porque son unos pusilánimes inofensivos, neutrales ante todo, incapaces de robar no por honradez sino por falta de imaginación, y es por esto, sin duda, que el tal estreñido ese, tan flaco que parecía siempre de perfil, resultó siendo presidente de TVN, cuando no tenía talento ni para limpiar los inodoros de ese canal. Un mínimo seguimiento (*reglaje* es lo que dicen los policías) alrededor del canal y de los movimientos de mi víctima me permitieron advertir una situación altamente propicia para su eliminación. El flaco huevas tristes de Larraín tenía la costumbre de montar bicicleta todos los sábados y domingos por la mañana en el cerro verdoso colindante con el canal, un cerro que se erige precisamente en la parte trasera de sus instalaciones, el cerro San Cristóbal. Ataviado como si fuera un ciclista de alta competición cuando a duras penas podía pedalear de lo lánguido y ahuevado que era ese chileno de mala entraña, se obligaba a la rutina (que sus subordinados veían con admiración, como una señal de exigencia consigo mismo) de montar bicicleta durante una hora, primero por la calle El Cerro, colindante con el San Cristóbal, para luego, al llegar a La Herradura, hacer una U y regresar por la calle Los Conquistadores, y enseguida bajar hasta Pedro Valdivia y enfilar de vuelta hacia el San Cristóbal, y empezar el tramo más arduo de la mañana: trepar por el camino Abate

Molina y después, más cuesta arriba, seguir subiendo por el Camino Claudio Gay, que más allá se convierte en el Camino La Pirámide. Observándolo a lo lejos, no me quedó duda alguna de que ese espigado y huesudo ejecutivo chileno, con sus bigotitos levemente nazis, se hallaba en buena forma física, de todas maneras en mejor forma que yo. Tampoco me quedó duda alguna sobre el modo como debía matarlo. Por suerte no sería necesaria una pistola. Como Larraín salía a montar bicicleta muy temprano (como a las seis y media o siete de la mañana), había tramos de su recorrido en los que se hallaba virtualmente solo, especialmente en la calle El Cerro, por donde también podían circular automóviles, a diferencia de los caminos Gay y La Pirámide, por donde no se puede circular en auto. No debía rentar uno, desde luego; debía comprarlo. Eso hice. Por razones de pura desidia o pereza, compré un auto usado, coreano, marca Daewoo, que me vendió un chofer del Ritz a un precio módico. Un domingo a las cinco de la mañana, sin haber desayunado (cuando no desayuno estoy más encabronado y se me hace más fácil matar), salí hacia el barrio de Bellavista y esperé pacientemente a que asomara el mequetrefe de Larraín, ese esperma pasmado que se permitió despedirme sin haberme siquiera contratado pero habiéndome exigido trabajar no una sino dos veces en sendos pilotos de televisión. Pues bien: ya que a él no le había gustado mi piloto, menos le habría de gustar ese domingo el modo en que pilotearía mi Daewoo usado. Larraín, todo de negro, con anteojos negros (uno diría que venía de competir en La Tour de France), apareció pedaleando frenético, como una ventosidad expulsada por su canal. Nadie había mirando o merodeando o curioseando o meando en la calle El Cerro. De modo que apenas lo observé pasar (y él por supuesto no me vio agazapado en la calle Monseñor Casanueva), y apenas advertí que se encontraba cantando alguna melodía esperanzadora, optimista, de aquellas que te suben el ánimo, emitida por el iPod que llevaba conectado al oído, encendí el leal coreano, lo puse en marcha, aceleré no sin antes mirar por el espejo para verificar que nadie me siguiera y embestí la llanta trasera de la bicicleta de Larraín y lo hice volar y no disminuí la velocidad y, en cambio, pisé la bicicleta ya averiada y luego pasé el auto, primero las ruedas delanteras, luego las traseras, por encima del cuerpo antes negro y ahora salpicado de sangre adherida a su malla de ciclista del miserable neonazi chileno, estreñido hijo de mala madre de Ernesto Larraín. Fue un placer inenarrable sentir cómo crujían sus huesos cuando pasé al coreano sobre su enjuta humanidad, fue un placer indescriptible sentir sus chillidos de dolor, fue un placer que no podría explicar con palabras mirar por el espejo y ver el cuerpo pisoteado y hecho mierda, una pierna temblándole antes del último estertor, del presidente del canal público de televisión de Chile, ahora ciclista atropellado por un imprudente conductor anónimo que se dio a la fuga. A punto estuve de detenerme para cerciorarme de que había muerto, pero el riesgo de que alguien me viera, de que él no hubiera muerto y me reconociera y sobreviviera, me desaconsejó de disminuir la marcha y bajar del coche, de modo que me perdí rápida y sigilosamente entre la niebla mañanera de Santiago. Tan pronto como llegué al hotel, descendí hacia la cochera subterránea y lavé con discreción las manchas de sangre en los neumáticos y en algunos puntos de la carrocería, que había quedado un poco magullada. Luego me di una ducha, salí, encendí el canal de televisión cuyo jefe había sido Larraín y esperé a que me sacudieran de placer con el *flash* informativo: *Lamentamos comunicarles que nuestro querido presidente, don Er-*

nesto Larraín, falleció esta mañana en un accidente de tránsito, mientras montaba bicicleta al pie del cerro San Cristóbal. Luego la cara del flaco hijo de puta ese se perdía en un efecto de edición que la difuminaba gradualmente y una música vibrante y épica hacía creer a los incautos que alguien importante o valiente había muerto, cuando solo había dejado de existir un cretino trepador y un imbécil redomado y un tonto del culo y un ciclista peor que mi perro montando bicicleta. Mal piloto soy, ¿verdad, Larraín? Pues por mal piloto te metí el coreano por el culo y te pisé y te dejé como estropajo, cabrón. Mándale saludos a Pinochet en el infierno, que seguro fue tu amigo. Joder, qué lindo es un domingo cuando pisas a un idiota temprano por la mañana y lo dejas partido por la mitad, como un amasijo de carne y huesos y nervios, como los restos pestilentes del mamón que fue. Pues ahora me voy a misa a rezar por la salvación de su alma. Y no bromeo: eso mismo hice. Fui caminando por Apoquindo hasta llegar a la calle Holanda, entré a la iglesia anglicana de la calle Holanda, me puse de rodillas y oré: *Señor mío, Padre celestial, te ruego que mandes al infierno al concha de su madre que acabo de atropellar. Gracias. Perdona la molestia.* Después me senté y me dejé sosegar por la atmósfera purificadora de ese templo.

VEINTIUNO

Cuando enterraron el cuerpo de su padre, Alma Rossi escondía la poderosa sospecha de que se había matado para no matar a Nina Rossi, de que el suicidio de Nicola Rossi había sido una manera desesperada de evadir la realidad que le resultaba lacerante, deshonrosa. Alma no sospechaba de su madre sin pruebas. Semanas antes de la nochebuena que terminó siendo la peor de sus noches, Alma Rossi estaba en el colegio cuando le vino la menstruación. Debido a ello, pidió excusas para salir de clases y volver a casa más temprano que de costumbre, pedido que fue aprobado por la directora de disciplina del colegio. Abochornada por el calzón y la falda manchados, Alma Rossi caminó deprisa las tres calles que hacía falta andar para llegar hasta su casa. Nada más entrar, escuchó unos ruidos extraños que provenían del segundo piso. Subió sigilosamente, sin hacer ruido, y fue entonces cuando descubrió que Nina Rossi, su madre, estaba en cuatro, siendo penetrada por un hombre de espalda velluda y contextura fornida a quien Alma reconoció enseguida como uno de los amigos de su padre. Nina jadeaba y aquel hombre le daba con una palma en las nalgas y ella le decía *dame duro, métela fuerte, métela hasta el fondo*. Alma Rossi no pudo seguir contemplando ese espectáculo vulgar, nauseabundo para ella. Bajó, salió de la casa, caminó hasta el parque y se sentó en una banca sin saber qué hacer. Luego lloró mientras miraba a unas palomas que esperaban que ella les arrojase comida. Lloró porque sintió por primera vez que Nina Rossi, esa puta, esa perra, no era digna del amor de Nicola Rossi. Lloró porque sintió que odiaba a su madre. Tal vez por eso cuando sepultaron a su padre Alma Rossi ya no tenía más lágrimas. Ya había llorado la traición de su madre y estaba segura de que Nicola Rossi se había pegado un tiro porque había descubierto que su esposa copulaba como una perra en celo con uno de sus mejores amigos. Alma sabía que su padre era alcohólico, depresivo, extravagante, agnóstico, un suicida potencial, pero también sabía que su padre amaba la vida, la amaba a ella, amaba los libros, y que si había acabado consigo mismo había sido para no enloquecer y acabar con Nina Rossi. *Los suicidas a menudo se matan para no matar a la persona que les ha provocado la muerte*, pensaba Alma que había leído en alguna parte. Y como no veía demasiado afligida a su madre, y como a los pocos días de enterrado Nicola Rossi advirtió con estupor que Nina Rossi retiraba todas las fotos de quien fuera su marido y ponía en lugar de ellas unos cuadros que le parecieron horribles, Alma llegó a la razonable conclusión de que su madre tenía la culpa del suicidio de su padre y llegó también a la temeraria certeza de que algún día ella vengaría esa muerte y mataría a su madre. *Algún día morirás, vieja puta cabrona*, pensaba Alma Rossi, sabiendo que ese día era todavía lejano, lejano pero inexorable.

VEINTIDÓS

Como le ocurría a su marido, no había día en que Nina Rossi no pensara en matarse. Pero a diferencia de marido, que se había pegado un tiro en la sien, a Nina Rossi se le ocurrían maneras atípicas de suicidarse, por ejemplo aspirando los gases tóxicos del auto encendido en la cochera, como la encontrara su hija, salvándole la vida aquella vez. Nina Rossi ya era adicta a las pastillas antes de la muerte de Nicola, pero esa adicción se agravó cuando todos supieron que Nicola había preferido destaparse la cabeza antes que abrir los regalos de navidad con su familia. Nina se sintió humillada, menos por el suicidio que por el día elegido para matarse, y para calmar ese sentimiento y la culpa y la ansiedad y las horas vacías y eternas en las que se dedicaba a romper fotos de su marido muerto, empezó a tomar más y más pastillas, lo que le provocó una obstrucción en los conductos biliares y un derrame de bilis, lo que se tradujo en un dolor agudo y una pigmentación amarillenta que la hacía verse fantasmagórica, como muerta. La operaron en la clínica Americana y le confiscaron todas las pastillas que ella se automedicaba (Nina Rossi amaba Lima porque ninguna farmacia pedía receta o prescripción médica, y como ella iba de señora bien, le vendían lo que quisiera) y la tuvieron tres días con sus noches hospitalizada. Esa fue la primera vez que Alma Rossi intentó matar a su madre. Fracasó, pero no por eso gozó menos del intento. Alma había dicho que pasaría la noche en la habitación con su madre. Cuando se quedaron solas y después de las once de la noche, en que apagaron todas las luces y las enfermeras dijeron que volverían a las seis de la mañana con el desayuno de galletas de soda y gelatina, Alma desconectó el suero y la morfina que eran inyectados en la vena de su madre y se retiró discretamente. Volvió a la mañana siguiente. Esperaba encontrar a su madre fría y muerta, pero para su mala suerte alguna enfermera obsesiva había entrado en la madrugada y detectado que Nina Rossi estaba desconectada de todo y pudo salvarle la vida. Se atribuyó el caso a un movimiento brusco de la paciente, nadie sospechó de su hija. Pero Alma Rossi pensó *algún día te mataré, perra cabrona, algún día vengaré la muerte de mi padre, algún día te arrancaré la vida igual que él arrancaba de cuajo y luego tiraba las hojas de los libros que leía.*

VEINTITRÉS

Alma Rossi intentó matar a su madre en tres ocasiones, fallidas esas tres, desde luego. Pero estaba obsesionada con lograrlo y era apenas una niña de trece años que odiaba a su madre y que sabía con certeza que su madre la odiaba a su vez (y a menudo tenía pesadillas con que su madre la mataba, lo que la conducía a la idea de que quizás esas pesadillas eran un anuncio o una advertencia de que su madre quería deshacerse de ella para irse a vivir con el hombre robusto de la espalda velluda). En resumen, Alma Rossi sentía que su madre era un estorbo en su vida y que ella era un estorbo en la vida de su madre. Más que eso, Alma Rossi sentía que su madre merecía morir, que tenía la culpa del suicidio de Nicola Rossi y por tanto debía morir. No es normal que una niña se trece años pase los días pensando en cómo matar a su madre sin ser descubierta, pero Alma Rossi estaba obsesionada con aquello y llegó a la conclusión de que, dado que su madre tomaba tantas pastillas, lo que debía hacer era introducir en uno de sus frascos del botiquín del baño unas pastillas letales que confundiera con las que ingería habitualmente para dormir o para sobrevivir o para mitigar o exorcizar las culpas o para evadir las asperezas de la realidad. El problema es que, siendo todavía una niña, aunque una niña cuyo cuerpo ya delataba las formas de una mujer, Alma Rossi no podía comprar pastillas mortales de necesidad en una farmacia cualquiera, puesto que nadie se las hubiera vendido. Como era amiga del boticario de la familia, un hombre de mirada libidinosa y ya entrado en años, comprendió que solo había una manera de pedirle el frasco más potente de hipnóticos y que esa manera no implicaba una transacción económica sino una cuidadosa administración de sus encantos de púber con vello púbico y senos incipientes. Tal vez fue esta la primera vez que Alma Rossi pensó de sí misma *no soy normal, no soy una buena persona, soy más inteligente que el promedio, me divierte ser una mala persona.* Porque trazó un plan y lo ejecutó a la perfección: visitó al boticario, le preguntó cuáles eran las pastillas más potentes para dormir, le explicó que su madre le había pedido ir a buscarlas pero que se había olvidado la plata y, haciendo una pausa, mirándolo sin timidez ni apocamiento, le dijo al viejo boticario: *Si me regala una caja de esas pastillas le enseñó mi calzón.* Tan pronto como pronunció esas palabras, se sintió orgullosa, sintió que estaba en pleno dominio de la situación. El viejo corrió, sacó el frasco de pastillas y luego Alma Rossi se levantó la falda, le enseñó el calzón por delante y luego se dio vuelta y le enseñó el calzón por detrás. El viejo enmudeció, babeó, sintió el cosquilleo de una erección. Alma de pronto disfrutó de sentir tamaño poder sobre un hombre adulto. *¿Quiere verme la chuchita?*, le preguntó. *Sí, sí*, por favor, respondió el boticario. Alma se bajó el calzón fugazmente y le mostró el vello púbico, pero fueron solo tres segundos. Luego vio que el boticario se sacó la verga y empezó a agitársela, así que cogió los somníferos y corrió hasta su casa riéndose del éxito de su plan. Una vez en la casa, disolvió todas las pastillas, preparó una gelatina de fresa muy dulce para escamotear el sabor amargo de los hipnóticos y, cuando llegó su madre, le dijo que le había preparado una gelatina de regalo. Nina Rossi era glotona y se tragó la gelatina. *Eres cadáver*, pensó Alma. Nina se fue a dormir. No se levantó a la mañana siguiente. Alma se fue al colegio segura de que había matado a su madre. Pero cuando regresó, la encontró en la cama bostezando y la escuchó decir *he dormido veinte horas seguidas, me siento la mujer más feliz del mundo*. Alma Rossi se sintió la mujer más miserable del mundo y se prometió que a la tercera vez no fallaría y mataría a esa vieja pestilente y perezosa.

VEINTICUATRO

No siendo simpática ni teniendo la menor voluntad de parecerlo, Alma Rossi le caía en gracia a la directora de disciplina del colegio y por eso cada vez que simulaba estar enferma y pedía permiso para irse más temprano a casa, recibía la autorización y a cambio solo tenía que dejar que la directora de disciplina le acariciara leve y fugazmente la cabecita díscola, de pelos finos y lacios. Alma solía volver a casa inmediatamente cuando su padre aún vivía, pero ahora, nada más salir del colegio, caminaba y caminaba buscando una tienda donde comprar una araña venenosa, la más venenosa de todas. Desde luego no le fue fácil hallarla y tuvo que recorrer muchas calles para encontrar un maloliente bazar de mascotas como peces, arácnidos y lagartijas. Alma tenía miedo pánico a las arañas, pero era mayor el deseo que tenía de matar a su madre, de modo que se sobrepuso a su miedo y pagó el precio que costaba la araña peluda en un frasco de vidrio, una araña que, según el vendedor, si te mordía, inoculándote su veneno, te mataba en menos de tres minutos. Al menos era la más grande y fea y peluda de todas las arañas que vendía ese mercachifle de pequeñas criaturas desdichadas, un sujeto que no parecía muy distinto a la araña que acababa de venderle a Alma Rossi.

Tras introducir el frasco de vidrio en su canasta de mimbre donde solía llevar algunos alimentos al colegio, Alma caminó hacia su casa y esperó el momento oportuno con fruición. Después de cenar con su madre, sentadas ambas a la mesa de la cocina y atendidas por una empleada doméstica, Nina Rossi se tendió en un sillón plegable que había comprado donde un anticuario inglés y se sirvió un Campari (que no debía mezclar con sus pastillas pero ya todo le daba igual). Fue entonces cuando Alma subió a su habitación, sacó el frasco de vidrio, corrió hasta la habitación de su madre, abrió la cama, destapó el frasco y dejó que la araña saliera y luego la cubrió con las sábanas. Una vez que se lavó las manos y se metió en la cama, una sonrisa iluminaba el rostro de Alma Rossi. Durmió confiando en que a la mañana siguiente su madre sería un cadáver helado. Apenas despertó, corrió en piyama a cerciorarse de que era huérfana del todo. Menuda decepción se llevó: Nina Rossi roncaba como una ballena. Alma regresó a su habitación, se alistó y se fue al colegio pensando en que tal vez la araña se tomaría su tiempo pero atacaría al fin y al cabo. Sin embargo, cuando volvió a casa más tarde (de nuevo alegando un súbito malestar estomacal), encontró a su madre jactándose de haber matado a pisotones a una araña gigantesca y mostrándole la picadura en la mano, una hinchazón rojiza que ya le habían curado en la clínica Americana. *Mala suerte*, pensó Alma. *La araña cumplió su misión, solo que mi madre era más venenosa que ella y la mató*, se dijo. *Habrá que pensar en otra manera de matar a la vieja de mierda*, se habló más tarde a sí misma. *Quizás lo mejor sería convencerla de que se suicide*, pensó. *Sí, eso mismo: solo tengo que darle buenas razones para que se mate, ese plan no fallará.*

VEINTICINCO

Con una caligrafía cuidadosa y delicada, Alma Rossi escribió tres cartas de amor, tres cartas fraudulentas, apócrifas, tres cartas que supuestamente su padre le habría escrito a una mujer, tres cartas que Alma haría luego llegar a su madre. Las cartas estaban fechadas en los tres años previos a la muerte de Nicola Rossi y con ellas el difunto se comunicaba con una mujer que vivía en Nueva York. La primera decía así:

«Daniella mía, Daniella de mi corazón:

Por favor, respóndeme, dime algo, dame una señal. No puedo vivir sin ti. No me dejes, no desaparezcas de mi vida, no seas cruel. Nos hemos amado todos estos años en secreto y ahora de pronto te haces humo y cambias tu teléfono y no contestas mis cartas y me las devuelve el correo. Daniella, entiéndeme, tú eres el gran amor de mi vida, nunca he amado a nadie como a ti. Te ruego que me des una oportunidad para estar juntos. Estoy harto de Nina. La detesto. Es una vieja de mierda. No hace sino quejarse y lloriquear y joderme la vida. La concha de su madre, maldita sea la hora en que la dejé embarazada y me tuve que casar con ella. No sabes cómo odio a Nina. Me gustaría matarla pero no tengo valor.

Lo que quiero es irme a Nueva York para vivir contigo y ser felices juntos y abandonar a esta gorda apestosa a la que ya no aguanto más. No sabes lo infeliz que soy con Nina. Sácame de este pozo, de este lodazal, estoy hundido en una cloaca y solo tú puedes rescatarme, Daniella mía. Espero con ansias tu respuesta.

Tuyo siempre,

Nicola».

Alma Rossi sonreía maliciosamente mientras escribía la segunda carta que su padre nunca dirigió a ninguna Daniella, pero que ella haría llegar a manos de Nina Rossi para provocarle una depresión tan severa que, con suerte, pensaría en matarse. *No sería nada malo que mis dos padres se suicidaran; sería divertido*, pensaba Alma, y no sentía culpa alguna por encontrar en su mente esos chisporroteos de maldad. Escribió a continuación:

«Daniella querida:

Tu silencio me está matando. Por favor, no me hagas esto. Te juro que si no sé nada de ti, me mataré. No puedo vivir sin ti. No es una amenaza para asustarte o manipularte, te juro que lo haré. No solo porque te amo desesperadamente y no puedo vivir sin ti, sino porque odio al rinoceronte de Nina, ese mamífero colosal con el que tengo que dormir todas las noches y a quien a veces quiero ahorcar o ahogar con la almohada, no sabes cómo ronca la hija de puta de Nina. Cada día está más gorda, más gruñona, más fea, las tetas caídas, el culo chato, un aliento de anticuchera que no te cuento, todo el día tragando chocolates y metiéndose pastillas y chupando whisky y vodka. Estoy casado con una borracha hija de mil putas a la que odio con todas mis fuerzas. Es la criatura más despreciable y horrenda del mundo y, carajo, es mi esposa, la madre de mi hija. Daniella, ten un poquito de compasión, si no sé nada de ti, te juro que me mataré o que mataré a la gorda de mierda de Nina. No sabes cuánto me hace sufrir tu silencio. Y no sabes cuánto me hace sufrir la gorda arrecha de Nina cuando se me monta como un hipopótamo en celo ciertas noches en las que, jodido estoy, tengo que complacerla. Daniella, dime que me amas, dime que me esperas, dime que puedo ir a verte, dime dónde estás, que tu silencio me mata y te juro que acabarás matándome literalmente si antes no me mata la concha de su hermana de Nina, mi bienamada esposa que tiene ya la silueta de un rochabús.

Te amo,

Nicola».

Alma Rossi se rió, soltó una carcajada cuando escribió *rochabús*, la palabra *rochabús*, ese vehículo policial que se usaba para reprimir las protestas disparando un líquido tóxico, gaseoso, que hundía en la náusea a los pobres manifestantes que eran sacudidos por ese potente chorro de agua mala. Luego Alma escribió la tercera carta:

«Daniella:

No te escribiré más. Es mi tercera y última carta. Te amo. Te amaré siempre. Pero tengo honor, tengo dignidad, no puedo seguir mendigando tu amor. He comprendido que no quieres ya saber nada de mí. Muy bien. Así será. Estaba dispuesto a darte todo para hacerte feliz, pero debo entender que no me amas, que soy un estorbo para ti. Jódete entonces. Púdrete. Que seas infeliz. Que sufras y te enfermes y mueras lentamente, hija de puta. Yo seré infeliz también, pierde cuidado. Lo seré porque, aunque no me ames, yo siempre te amaré. Pero sobre todo seré un hombre miserable y terminaré matándome porque no tolero la compañía insufrible, abominable, de Nina, mi esposa, la mujer que más odio en el mundo. Cuando la veo, siento arcadas. Cuando la veo en ropa interior o, peor aun, desnuda, me pregunto si acaso no seré homosexual. Pero no: es que Nina se ha convertido en un ropero, en una nevera industrial, y todo en ella me repugna, me da asco. Como no creo que me atreva a matar a la gorda concha de su madre que tan infeliz me ha hecho, me mataré, me mataré a fines de este año, y me mataré de un modo que humille a Nina, la reputa madre que la parió, la concha de su hermana, qué mala suerte tuve de no ponerme un condón y dejar embarazada a esa gorda pestífera que me ha hecho el hombre más infeliz del mundo. Adiós, Daniella querida. Hasta nunca.

Tuyo siempre,

Nicola Rossi».

Una vez que terminó de escribir las tres cartas, las introdujo en unos sobres de papel fino que había comprado para urdir la patraña y escribió en los tres sobres el nombre de Daniella Gullman y su dirección en el Upper West Side de Manhattan, una dirección que Alma se inventó mirando planos de esa isla de Nueva York y escogiendo nombres de calles cercanos a Central Park. Luego anudó las tres cartas con un lazo delicado como aquellos que se usan para envolver los regalos de navidad y las introdujo en un sobre amarillo dirigido a Nina Rossi, sin remitente. Al día siguiente, cuando salió caminando hacia el colegio, depositó rápida y sigilosamente el sobre en el buzón del correo, y luego no pudo dejar de sonreír todo el trayecto hasta el colegio pensando en las caras que pondría su madre al leer esas tres cartas. *Con suerte, la vieja se mata*, pensó, y se sintió feliz.

VEINTISÉIS

Echado en mi cama del Ritz, agobiado de ver los programas de baile en la televisión chilena, harto de los noticieros que hacen alarde de cualquier mínimo triunfo deportivo de cualquier chileno en cualquier competencia internacional, apelmazado por las noticias espesas de *El Mercurio* y levemente irritado por el tono arribista y trepador de *La Tercera*, hastiado, en fin, del aire chileno enrarecido que respiro a la espera de que aparezca mi víctima más preciada, esa mujer esquiva y misteriosa que no aparece, pienso que no tengo nada en particular contra los chilenos, pero tengo mucho en general contra los chilenos. No he sido nunca un peruano con fobia a lo chileno, lastrado por el viejo rencor de la guerra perdida, acomplejado porque ellos prosperaron y nosotros seguimos rezagados y debatiendo asuntos que aquí ya se zanjaron con inteligencia. No soy antichileno, me digo. Pero estos días en Santiago, estos dos chilenos que he matado con tan exquisita fruición, me han permitido alcanzar una percepción más exacta de lo que son en promedio los chilenos, y me han permitido, por tanto, sentir que los chilenos naturalmente me caen mal, aunque no tan mal como los peruanos. Pero de todas maneras los chilenos me caen mal, esto está claro ahora y no estaba claro antes, cuando solía venir a menudo para presentar mis libros y dar conferencias. Me caen mal porque son falsos, hipócritas, fariseos, taimados. Me caen mal porque simulan ser conservadores cuando son libertinos. Me caen mal porque fingen ser honrados cuando son tan tramposos como los argentinos (solo que lo son más discretamente). Me caen mal porque son por naturaleza pérfidos, desleales. No puedes creer en ellos. No te dicen nunca lo que están pensando. Te dicen algo retorcido y fraudulento para obtener algún beneficio generalmente monetario. Les gusta demasiado el dinero. Venden a su madre por dinero. Son trepadores, arribistas, y lo peor es que han trepado y ya se sienten más arriba que los demás y te miran para abajo. Y si bien han sabido hacer dinero, y sobre todo ahorrarlo, esconden dos defectos que me resultan particularmente despreciables. El primero es que son avaros, tacaños, miserables, son roñosos, son trémulos y cobardes para gastar, guardan la plata por falta de audacia, por pusilánimes, porque piensan en su jubilación, no en darse la gran vida, como los argentinos, que no ahorran un carajo pero se divierten mucho más. Y luego, ya su segundo defecto, me irrita que los chilenos miren ahora para abajo a sus vecinos solo por esa sensación de bonanza que los embarga cuando antes debieran mirarse al espejo. Perdón por la franqueza, pero si elijo a un chileno al azar, es un guiñapo, es un enano contrahecho, es un sujeto de facciones como cuchillos, es feo como una patada en los huevos. Y a pesar de eso, se sienten lindos, se sienten regios, se sienten estupendos, se sienten primer mundo. Primer mundo, los cojones. Son solo una tribu más, una tribu como la argentina, como la peruana, como la uruguaya, solo que, como les da miedo divertirse y gastar el dinero, como ahorran por instinto conservador, son ahora una tribu pujante que sale a comprar negocios en las tribus vecinas. Pero eso no los hace mejores, los hace más odiosos, porque se permiten un aire de superioridad, una mirada condescendiente, y son solo unos rotos culiaos, con perdón. No tengo nada contra los chilenos en particular, y tengo amigos chilenos, y conozco chilenos encantadores, pero tantos días de reclusión en el Ritz y de minuciosa contemplación de los hábitos y las costumbres chilenos me han llevado a esta conclusión: en general, los chilenos me caen como el culo, y cuando los escucho hablar con esa tonadilla tan insoportable, me caen aun peor. Prefiero mil veces a los argentinos. Prefiero mil veces a los colombianos. Prefiero cien mil veces a los uruguayos. Los chilenos son falsos, lambiscones, traicioneros, buenos para la intriga y el chisme, ensimismados contando sus pesitos, de pronto orgullosos de la tribu a la que pertenecen porque un tenista gana un partido o porque van al mundial de fútbol. Pienso que un chileno promedio es tan feo como un peruano promedio y tan mentiroso como un peruano promedio aunque menos haragán que un peruano promedio, pero eso que algunos encuentran meritorio, el espíritu laborioso y pujante y emprendedor del chileno promedio, es lo que a mí me inflama un tanto los cojones. Porque, me digo, el chileno no es bueno como amigo, te traiciona casi siempre, y tampoco es bueno como socio, te quiere sacar ventaja casi siempre, y tampoco es bueno para el vicio, porque le salen el pudor y la mojigatería, y cada tres calles hay una estatua al fascista Escrivá de Balaguer. Lo que no sé es si la mujer chilena es buena para culear. Y está claro que, en promedio, una chilena está más buena que una peruana, aunque nunca más buena que una argentina, pero sí he visto estos días en Santiago a no pocas chilenas a las que les empujaría gustoso la verga. *En conclusión, los chilenos me caen como el culo pero me gustaría darle por el culo a una chilena y hacerla mi rota culiá*, pienso, y tomo una copa de champán, y hago memoria y me pregunto a cuál de mis amigas chilenas debería llamar para invitarla a cenar y tratar de llevármela a la cama. El problema es que todas están casadas, aunque esto, bien mirado, puede no ser un problema en modo alguno, porque si hay una tribu llena de cornudas esa es la chilena: hay que ver lo papanatas que son los chilenos para dejarse engañar por sus mujeres, hay que ver lo astutas y mitómanas y putas que son las chilenas casadas para buscar un buen pedazo de verga fuera de casa. Habrá que ir llamando a mis amigas chilenas a ver cuál me presta un rato su culito. Chilenos del orto, ¿todo el puto día tienen que estar bailando tonadillas brasileras afiebradas en la televisión? *Tengo que salir a caminar*, me digo, y seco la copa de champán y apago el televisor, harto de esa chusma de putas y maricas y animadores vocingleros y concursos de bailes simiescos. *Y después dicen que son alemanes o ingleses estos huevones*, pienso en el ascensor, *son tan bárbaros y feos como nosotros, basta de hipocresías.*

VEINTISIETE

Julio César Undurraga va a morir, merece morir. Sus días están contados y quien los cuenta soy yo, Javier Garcés, ex escritor, ahora asesino en serie a la espera de Alma Rossi, que ya estará por llegar. Julio César Undurraga va a morir porque ha hecho sobrados méritos para ganarse la muerte que he de concederle para que deje de hacer el ridículo en la televisión chilena. Julio César Undurraga es un esperpento, un espantajo, un cretino, un lameculos sin gracia, un subnormal que se ríe de sus propios chistes malos. Sin embargo, Julio César Undurraga, ese necio presumido con cara de frejol o de pallar y cabeza de alcachofa, se cree David Letterman, se cree Jay Leno, se cree mejor que Letterman y que Leno, se cree Johnny Carson, se cree ocurrente, genial y divertido, el muy pelotudo. Y por eso, y porque es chileno y no peruano, y porque se ofreció a cobrar la mitad o la tercera parte de lo que yo pedía, sus jefes en la televisión pública chilena, los ya difuntos Vidal y Larraín, le dieron el programa de televisión que me negaron, aunque finalment tras su primer fracaso, el programa dejó de ser uno sob libros para convertirse en una copia mala, chirriant chapucera, de los *late night* norteamericanos: una banda de músicos mediocres hacía bulla, un público pagado aplaudía y se reía cuando se lo ordenaban, y el nabo envanecido de Undurraga hacía entrevistas a personajillos más o menos odiosos y famosos de la farándula chilena. Pero desde que él se quedara con el programa, nunca lo había visto en acción. Ya en Santiago, y con abundante tiempo libre, me flagelaba a medianoche viendo en el canal público el mamarracho que animaba el tal Undurraga, embutido en un traje muy ajustado, luciendo unas corbatas horrendas, atropellándose, farfullando bromas obviamente escritas por pésimos comediantes pajeros, siendo estimulado por las palmas mercenarias de un público pagado para aplaudir, bailoteando y animando y preguntando sin gracia alguna, acompañado por una banda de músicos que parecían miembros de una funeraria, cuatro pelmazos que más que música metían bulla, dando una penosa sensación de chatura intelectual, de pobreza estética y de escandalosa subordinación al modelo de *late night* norteamericano copiado de la peor manera imaginable y empobrecido por la vanidad sin talento del presentador y por las vanidades inflamadas y casi siempre sin talento de sus invitados, que se encontraban unos a otros espléndidos y divertidísimos y se celebraban entre sí sus bromas de callejón. Viendo a Undurraga en televisión comprendí que debía matarlo por varias razones. A saber: en venganza porque me robó el programa que yo merecía y él no; para defender el honor ultrajado de Letterman; y para proteger a los televidentes chilenos de un programa tan tóxico, tan estúpido, tan rematadamente malo. No se trataba solo de matarlo por odio o despecho o venganza (aunque ya eso bastaba), sino principalmente porque, como antiguo admirador de Letterman, no podía permitir que lo plagiaran de un modo tan obsceno, vulgar y esperpéntico, y marginalmente porque Undurraga me parecía estúpido, pero peor que estúpido, un estúpido que se creía listo, que se creía gracioso, que se moría de risa con sus propios chistes. Y hacer televisión mala no es broma, es un daño considerable a la humanidad y merece ser castigado. Y ganarse un programa agitando argumentos xenófobos (*el público chileno jamás aceptará a un peruano como conductor de televisión*) y vendiéndose barato (*yo soy chileno y les cobro la tercera parte que Garcés*) y haciendo el triste papel de mamón trepador, para luego fracasar en los índices de audiencia (porque objetivamente el programa de Undurraga, incluso modificado, era un fracaso probado y, a pesar de ello, sus mentores, los ya finados Larraín y Vidal, se rehusaban a sacarlo de la pantalla) y demostrar que en efecto es chileno y es barato pero es barato porque el mercado lo cotiza así, barato porque el mercado no lo quiere, no lo aprecia, no lo encuentra divertido o, como dicen tanto en Chile, *entrete*, me hacía sentir el imperativo moral impostergable de acabar con la vida de este pelele desangelado y bobalicón, de este payaso triste que no hacía reír ni a su puta madre ni a los músicos con aire funeral que lo acompañaban como si vinieran de cargar un féretro en un camposanto cercano. Si bien no había venido a Santiago para matar a Julio César Undurraga, ya estando allí y viéndolo todas las noches en la televisión y recordando la felonía que este nabo atómico había perpetrado contra mí, me hizo notar que debía matarlo y que tal emprendimiento era noble, era altruista, era redentor y era en cierto modo una contribución para que Chile fuese un país algo menos detestable. No mereciéndolo, los chilenos recibirían entonces este regalo o esta dádiva de mí: los libraría del yugo, de la opresión a que se hallaban sometidos todas las noches por la televisión pública, obligados a mirar al paso a ese Letterman de alcantarilla. No fue complicado matar a un sujeto tan imbécil y ensoberbecido y enamorado de sí mismo. Fue tan simple como esperarlo ciertas noches a la salida de las instalaciones del canal en el barrio de Bellavista y seguir su Audi A4 negro con lunas polarizadas y de segunda mano hasta verlo entrar a un edificio moderno en Las Condes. Salía de lunes a jueves a la misma hora, la una y media de la mañana, del canal de televisión, pues su programa terminaba a la una y luego se quedaba firmando autógrafos y haciéndose fotos con el público pagado para aplaudirlo y reírse sin ganas de sus bromas. Luego se subía a su auto (el sueño de toda su vida había sido menos conducir un *late night* que conducir un Audi como ese por las calles plomizas de Santiago) y manejaba hasta su departamento en un edificio moderno en la avenida Presidente Riesco, entre las calles Benjamín y San Sebastián, no muy lejos del hotel Intercontinental, donde me había hospedado tantas veces, y no muy lejos del Ritz, donde seguía esperando con creciente impaciencia a Alma Rossi. No fue difícil matar a Undurraga, lo difícil (y ni siquiera lo fue tanto) fue comprar por fin un arma de fuego en el mercado clandestino de Santiago. Se me ocurrió que los peruanos que pululaban por la Plaza de Armas, en el Centro, y que tenían fama de ladrones, de malhechores, de clonadores de celulares, de secuestradores de niños a la salida del colegio, podrían conseguirme una pistola usada. No me equivoqué. Pasé una tarde caminando por el centro de Santiago y en algún punto entre la catedral y la Plaza de Armas me acerqué a unos sujetos de aspecto patibulario que hablaban con acento peruano y les dije que necesitaba una pistola. Por suerte no me reconocieron; esos indios facinerosos no habían leído nunca una de mis tres novelas porque con toda seguridad no sabían leer. Al comienzo hicieron como que no entendían, tal vez temerosos de que yo fuese un agente policial, pero cuando les enseñé el fajo de billetes en efectivo que llevaba, comprendieron que hablaba en serio y se comprometieron a traerme la pistola al día siguiente, siempre que les entregase el dinero por adelantado. *Ni cagando*, les dije. *Pistola en mano, plata en mano*, sentencié. Se hicieron los estreñidos, los del culo angosto, los del calzón borlado, pero les dije que volvería al día siguiente a la misma hora y que pagaría bien, y no me defraudaron esos cacos de mala muerte: al día siguiente me vendieron un revólver viejo, oxidado, con el tambor cargado de seis balas calibre 32, y les di a cambio mil dólares en pesos chilenos. Angurrientos, se ofrecieron a «hacerme el trabajo» por dos mil dólares más, pero les dije que no había ningún trabajo que hacer, que era para mi seguridad personal y punto. Luego desaparecí y celebré que mis compatriotas en el exilio chileno fueran una banda de asaltantes analfabetos, una gavilla de hampones que en cosa de veinticuatro horas me facilitó el arma de fuego que necesitaba para liquidar a Julio César Undurraga, el comediante más malo que hubiera visto en mi vida, el sujeto que ocupó el espacio en la televisión chilena que yo merecía, el saco de papas que pronto despacharía al más allá. *Espero que este cacharro viejo funcione*, pensé, mirando el arma cuando regresé a mi habitación del hotel. Lo comprobaré disparándole a Undurraga. Por si no funciona, tendré que llevar uno de mis cuchillos filudos y hundírselo en la panza de cachalote que se ha dejado crecer el muy mamón, me dije. Pero al menos una de las seis balas debía salir disparada y con una me bastaba para matar a ese pobre diablo.

VEINTIOCHO

La noche del crimen me sentía particularmente animado y entusiasta, y presentía que, siendo Undurraga tan idiota, mi plan no debía fallar, a menos que fallase el arma vieja y maloliente con la que me disponía a matarlo. Prefiriendo dejar al fiel coreano, pues sus abolladuras, aunque leves, podían despertar, sospechas, alquilé un auto en la conserjería del hotel. Nadie se extrañó. Luego me llené de razones para gatillar el revólver viendo el programa de Undurraga en la televisión y, apenas terminó el adefesio aquel, recogí el auto y lo esperé en la avenida Riesco, a pocos metros del portón del edificio donde vivía. A esa hora el tráfico era muy escaso y casi no pasaban peatones. El edificio contaba con un vigilante que, sentado en la recepción, fingía estar despierto cuando bien dormido estaba. Esperé, revólver en mano. Debía matarlo antes de que entrase a la cochera. Si entraba con él, me grabarían las cámaras de seguridad y no sería fácil salir, a menos que encontrase en su puto Audi A4 el control automático para abrir el portón del edificio. Por eso lo esperé un poco antes, a la altura de la calle Luz. Debía emboscarlo a cien metros, poco más, poco menos, de su edificio. Con suerte, nadie alcanzaría a verme, aunque corría el riesgo de que pasara algún vehículo y se detuviera cualquier cretino con espíritu de héroe o buen samaritano, en cuyo caso tendría que fumigarlo también. Testigos nunca y menos en ese país de chismosos con fobia a todo lo peruano. Cuando apareció el Audi A4 negro de Undurraga (me sabía los números de la placa o matrícula, era él), yo tenía encendido el motor y sabía bien lo que debía hacer: me puse delante de su auto y enfilé hacia su edificio y giré como si fuese a entrar, y entonces me detuve y comprobé que el oligofrénico plagiario de Letterman se hallaba detrás de mi auto, esperando a que se abriera el portón, esperando a que yo lo abriese, suponiendo que yo vivía también en ese edificio con aspecto de madriguera de narcos y nuevos ricos. De pronto me bajé y caminé hacia el auto de Undurraga y le hice una seña para que bajara su ventana. Undurraga la bajó enseguida. Me reconoció o al menos dudó:

—¿Tú no eres Garcés? ¿Qué hacei acá, huón? ¿Tú estái viviendo en mi edificio, Garcés?

Me miraba con un aire ganador, con un dejo de superioridad, como si él fuese un triunfador nato, una celebridad, y yo un perdedor o un ganador de las ligas menores, esa cosa sombría y marginal que resultaba para él la literatura. No adivinó ni siquiera un segundo mis intenciones.

—Traigo un mensaje de David Letterman para ti —le dije, con tono amable, incluso con tono asustadizo, como si me intimidara su fama.

—¿De Letterman para mí? —se sorprendió el rechoncho mamón trepador—. No jodai, Garcés, si Letterman no me cacha ni en pelea de perros, huón.

—Te equivocas —le dije—. Ha visto tu programa, yo le llevé una copia a Nueva York —añadí, muy serio.

—¿Me estái jodiendo, Garcés? ¿Letterman ha visto mi *late*? —preguntó, inflamándose de vanidad el pobre cretino, y cuando dijo *late* no pronunció de un modo apenas decoroso la palabra, dijo directamente *ley*: *¿Letterman ha visto mi ley?*

—En efecto, lo ha visto, y te manda un mensaje —dije.

—¿Me quiere conocer? —se entusiasmó de pronto el cerdo de Undurraga—. ¿Quiere invitarme a su *ley*?

—Bueno, en realidad no —dije—. Lo que quiere decirte es que él ha tenido muchos imitadores, muchos imitadores malos, pero ninguno tan malo como tú.

Undurraga enmudeció y frunció el ceño.

—Y por eso me ha pedido que te diga algo —añadí.

—¿Que me digai qué, peruano culiao? —se envalentonó Undurraga.

Saqué el revólver, le apunté a la frente y dije:

—Que te vayas a hacer un *late* al más allá.

Luego apreté el gatillo pero no salió la bala y Undurraga quedó congelado, y apreté de nuevo y esta vez se escuchó un estruendo más fragoroso de lo que esperaba y la bala se le metió exactamente entre ceja y ceja. Aunque lo suponía ya muerto o casi, quise saber si el revólver funcionaba todavía o si había tenido la suerte de que disparase una sola vez. Apreté el gatillo tres veces y no pasó nada, no sonó nada. Por fin, la cuarta vez le reventé el pecho, me salpicó la sangre del plagiario de Letterman y comprendí que debía irme pronto de allí porque el ruido había alertado ya a algunos vecinos. Me metí en el auto, retrocedí esquivando el Audi A4 con el cadáver de Undurraga y aceleré por la avenida Riesco con las luces apagadas. *Buen trabajo*, pensé. *Letterman estaría orgulloso de mí.*

VEINTINUEVE

Alma Rossi está en Chile, en Chile pero no en Santiago. Está en Chile, país al que entró manejando el Audi A6, mi Audi A6, llevando consigo los dos millones de dólares que le di, gracias a la probada ineptitud de la policía peruana, que la declaró principal sospechosa del crimen contra el editor Jorge Echeverría (a quien maté yo y no ella), pese a lo cual, sin embargo, la gendarmería peruana, ese nido de hampones y haraganes, no hizo nada para que se ordenara su captura ni mucho menos procedió a informar a la policía internacional para que fuera capturada en cualquier otro país. Gracias a la policía peruana, Alma Rossi pudo entrar sin inconveniente alguno en Chile, entregando su pasaporte italiano al oficial de carabineros en el puesto fronterizo, quien verificó rápidamente que sobre la señora Rossi no pesara ninguna denuncia que le impidiera ingresar a Chile, país que la acogió con una hospitalidad repentina y sonriente (pues el carabinero no dejó de sonreírle, víctima de su belleza hechicera), lo que, unos kilómetros más allá, ya superados los nervios, la hizo estallar en una gran risotada, al punto que tuvo que detener el auto, bajarse y orinar en cuclillas de lo espléndidamente feliz que se sentía. De inmediato, Alma se dirigió a Zapallar, balneario que conocía como si fuera su pueblo natal, porque allí había veraneado con sus padres varias veces y tenía no pocos amigos que poseían casas en esa exclusiva playa chilena. Cuando pensó en sus amigos chilenos con casa en Zapallar, que podían socorrerla en ese trance aciago, no dudó en que a quien primero debía llamar era a Mario Santa Cruz, millonario, filántropo, coleccionista de arte, hombre exquisito, refinado, de gran sentido del humor, casado cuatro veces, con seis hijos, dueño de una de las grandes fortunas de Chile y de una de las más espléndidas mansiones de Zapallar. Mario había sido amigo de Nicola y Nina Rossi y era ya un hombre mayor, a punto de cumplir los ochenta años. Se había enamorado de una fotógrafa inglesa durante un viaje a Edimburgo y se había casado con ella (su cuarta esposa), con quien había tenido una hija llamada Pía, todo esto con setenta y ocho años, lo que había provocado chismes de admiración cuando no de adulación en la sociedad chilena. Alma Rossi era amiga y solo amiga de Mario Santa Cruz, nunca habían sido amantes y, curiosamente, aunque nunca se había hecho amiga de las esposas de Mario, siempre prevaleció o perduró su amistad con él. De modo que cuando Mario se divorciaba, Alma tomaba partido por su amigo y daba por terminada su precaria relación con la flamante ex esposa, que por supuesto se quedaba siempre con un pedazo nada desdeñable de la fortuna del coleccionista de arte y pintor frustrado y mecenas más admirado de Chile y quizás de toda América Latina. Alma Rossi sabía (era una intuición femenina) que Mario Santa Cruz la quería tanto que no había intentado un acercamiento sexual para no poner en riesgo la amistad que los unía. Alma Rossi sabía (su intuición no fallaba) que Mario Santa Cruz hubiera dejado a cualquier mujer si ella se lo hubiera pedido y que se hubiera ido con ella si ella le hubiera dado las señales apropiadas, pero el destino no se había confabulado para que fueran amantes y había querido que una extraña complicidad creciera entre ambos, una complicidad hecha de secretos, de confidencias, una complicidad construida precisamente en los momentos en que él o ella se encontraba estragado por una pena de amor y necesitaba una amistad incondicional a la cual pudiera contarle todo. Por eso Alma Rossi llamó a Mario Santa Cruz y, sin darle mayores explicaciones, le dijo que estaba en Chile, camino a Zapallar, y le pidió que le prestara su casa allí porque le urgía un tiempo para descansar. *La casa es tuya todo el tiempo que quieras*, le dijo Mario, y luego le preguntó si necesitaba que fuera a verla, pero Alma, que sabía que Mario se había casado con la inglesa no hacía mucho, prefirió decirle que debía estar sola y que no dudaría en llamarlo si requería su ayuda. Mario hizo una llamada rápida al cuidador de su casa de Zapallar y le dio instrucciones precisas para que él y su mujer, que vivían en una casita adyacente a la mansión y pasaban allí todo el año, atendieran a Alma Rossi como si de una princesa se tratara. *Dígale sí a todo y haga exactamente lo que ella le ordene*, le dijo Santa Cruz a su empleado, y luego le indicó que preparase el cuarto principal para que Alma durmiese allí y no en uno de los cuartos de huéspedes. El cuidador y su mujer, oriundos de la Quinta Región, amantes del mar en verano y en invierno, habitantes por décadas en esa caleta de pescadores, se las arreglaron para comprar toda clase de bebidas y alimentos en el único almacén del lugar que no cerraba todo el año. Alma Rossi manejó sin atropellarse, gozando del paisaje, escuchando tres discos de Kevin Johansen, los mil novecientos veinte kilómetros que separan Arica de Zapallar. Tras recorrer setecientos kilómetros, llegó a Antofagasta, donde, ya a oscuras, decidió, fatigada, pasar la noche en el hotel Radisson, en plena costanera, avenida Ejército, donde durmió doce horas consecutivas sin necesidad de pastilla alguna y con las dos valijas con el dinero debajo de la cama. Al día siguiente, Alma Rossi comprendió (una cuestión de intuición femenina) que no la acechaba ya ningún peligro mayor y que lo peor había pasado y lo mejor estaba por venir: se quedaría a vivir en Zapallar, en casa de Mario, y se dedicaría por fin a lo que siempre había soñado, pintar y escribir y gozar del mar y de la soledad y de un paisaje boscoso e inspirador. Después de un desayuno desusadamente abundante para ella (se animó a comer huevos revueltos con tocino), Alma se sintió feliz, muy feliz, y recordó que en Zapallar, de niña, incluso de adolescente, cuando ya solo iba con su madre, había sido siempre muy feliz: Zapallar eran un bosque y un pedazo de mar y un chiringuito y unas olas heladas que evocaban en ella momentos de plenitud, y supo por eso que allí debía dirigirse, no le cupo duda alguna.

Era agosto y hacía frío en el litoral chileno, pero Alma se puso un vestido blanco, liviano, y unas sandalias y un sombrero panamá y gafas oscuras y decidió que para ella era verano y tal vez porque se sentía tan liberada y contenta no sentía frío, sentía una estupenda calidez, un optimismo completamente atípico en ella. Luego manejó de Antofagasta a La Serena por la ruta 5, lo que le demoró aproximadamente once horas, pues tuvo que recorrer novecientos kilómetros y detenerse a almorzar en Copiapó. Llegó a La Serena cerca de la medianoche y, tras ir preguntando, decidió alojarse en el hotel Mar de Ensueño, en una *suite* con vista al mar. Ya faltaba poco para llegar.

Pero esa no fue una buena noche. Le costó trabajó conciliar el sueño y fue siempre un sueño entrecortado, minado por pensamientos sombríos, por bruscos despertares, por pesadillas en las que se le aparecía yo, Javier Garcés, y venía a matarla, sueños en los que ella comprendía que tenía que matarme antes de que yo la matara. Despertó exhausta hacia el mediodía y solo pidió café a la habitación, y pensó darse un baño en la piscina pero no llevaba consigo bañador y le dio pereza salir a comprar uno en alguna tienda del hotel o cercana al hotel. Ya en el Audi A6, de nuevo en la ruta 5, siguió descendiendo los trescientos veinte kilómetros que le faltaban para llegar a la casa de Mario, un hombre que la había amado siempre de una manera limpia e incondicional, alguien que, a la muerte de Nicola Rossi, había adoptado naturalmente el papel de padre de Alma y tal vez por eso nunca había querido (deseándolo) que ocurriera con ella nada sexual, por temor a perderla y por la convicción de que debía cuidarla de un modo paternal. Alma manejó más deprisa, ya quería estar en Zapallar, sentir la brisa fresca que subía de ese mar oscuro, lleno de carácter, el mar más frío que recordase. Se desvió de la ruta 5 por el camino de Papudo y no tardó más de cuatro horas en llegar a la casa de Mario Santa Cruz, a pocas calles del chiringuito, en la calle Francisco de Paula Pérez. Una vez allí, el cuidador y su mujer la recibieron con genuina simpatía, pues la habían conocido cuando Alma era apenas una niña y llegaba a pasar el mes de febrero con sus padres desde Lima, y la colmaron de atenciones y gestos de cariño. Alma Rossi dejó todas sus cosas, incluyendo el dinero, en el Audi A6, dentro de la cochera de la casa, cerró el auto con llave y se fue caminando al chiringuito. Sentada a una mesa en la terraza, pidió un pescado a la plancha y una botella de vino blanco. Tal vez fue el vino blanco, pero después de la tercera copa lo vio todo con una claridad luminosa, cegadora: tenía que matarme para vivir en paz en Zapallar, tenía que ir a Santiago para buscarme y matarme, estaba segura de que yo estaba en el Ritz esperándola, redomado idiota. Entonces se tomaría unos días, descansaría y luego le pediría ayuda a Mario, que estaba en Santiago, en su casa del cerro Carolina, para deshacerse de mí. Tal vez fueron las tres copas de vino blanco, pero Alma Rossi sintió un ramalazo de éxtasis cuando se imaginó matándome ella misma de tres disparos en el pecho en una *suite* del Ritz de Santiago.

TREINTA

La usualmente aburrida prensa chilena informó sobre la muerte de Pedro Vidal en notas escuetas aparecidas en las páginas policiales, atribuyéndola a un crimen pasional, pues al parecer Vidal tenía fama de mujeriego impenitente y seductor desalmado, a pesar de la cara de tarántula con la que se paseaba por la vida. Por el modo vicioso en que había sido acuchillado y luego incinerado el cadáver, la policía dedujo que se trataba de una venganza pasional, de un ajuste de cuentas por faldas, y si bien no descartó que pudiera tratarse de un asunto de dinero (pues, además de que me llevé su reloj y su billetera, Vidal también tenía fama de corrupto y en las ferias de televisión todo lo que compraba para el canal de la televisión pública le dejaba una jugosa comisión), consideró más probable que el asesino fuese un esposo despechado, un cornudo dispuesto a restaurar su honor mancillado por ese gordito pendenciero y trepador. Nadie lamentó demasiado su muerte, ni siquiera su viuda y menos los empleados del canal; nadie lo había querido en verdad; todos sabían que Vidal había sido un coimero, un tramposo, un bribonzuelo, un tipo capaz de follarse a la mujer de su mejor amigo y además un mitómano, un sujeto que se había creído la mentira de que era un hombre de éxito y se paseaba por la vida pavoneándose de un modo insultante (insultante por su fealdad y su mediocridad), cuando era solo un gerente lameculos de Larraín, que por tonto y por despistado pensaba que podía confiar en Vidal, cuando ni siquiera Vidal podía confiar en sí mismo. De la muerte de Ernesto Larraín, en cambio, sí se ocupó ampliamente la prensa seria chilena, pues se trataba de un ejecutivo respetado, exitoso, que había hecho una carrera en la banca privada, luego en la industria minera y que había sido nombrado presidente de la televisión pública por el gobierno de turno, debido a su amistad con el entonces presidente. Como es de rigor, en los obituarios se exageraron sus dudosas virtudes y se omitieron sus chapucerías e impericias, su escandalosa ineptitud como director del canal público chileno. Todos destacaban que era muy trabajador y muy apegado a su familia y un hombre de sólidos valores morales; nadie recordaba (los muertos siempre son virtuosos) que bajo su administración el canal había perdido casi la mitad de su cuota de audiencia y todas las novelas («teleseries», como las llaman en Chile) habían sido un fracaso estrepitoso; nadie osaba tampoco recordar que Larraín no sabía un carajo de televisión y que su nombramiento se debía a una antigua amistad con el presidente, de quien, más que amigo, era un lameculos y adulón profesional. Como el lameculos necesita que alguien, a su vez, le lama el culo a él, Larraín encontró a Vidal, que era descarado en su abyecta sumisión al jefe y en las trapacerías que hacía a sus espaldas para enriquecerse a expensas del canal. Los periódicos chilenos no dudaron, dado que Larraín carecía de enemigos, de que su muerte se trataba de un accidente de tránsito: el pobre ciclista fue atropellado por un conductor que se dio a la fuga, no había testigos; la muerte de Larraín ponía en evidencia el peligro de montar en bicicleta en Santiago. En su canal hicieron un programa en homenaje a ambos directivos muertos en un solo mes, uno acuchillado y quemado, el otro atropellado, y los dos conductores que presentaron el especial, un mozalbete guapetón y una flaca con aire anoréxico, simularon gran consternación pero, en las tandas comerciales, dijeron que la muerte de esos dos sujetos era lo mejor que había podido pasarle a la televisión pública, que Dios sin duda era chileno y sintonizaba su canal, que por fin vendrían buenos tiempos para ellos, porque con Vidal y Larraín estaban jodidos y enhorabuena que ya no estuvieran más en circulación. Dicho aquello, volvían al aire y casi lloraban exaltando y glorificando a estos dos prohombres que se habían marchado prematuramente dejando un vacío imposible de llenar (*el vacío del guatón de Vidal sí que es imposible de llenar porque harían falta cien toneladas de cemento*, comentó a su compañera anoréxica, riéndose, el animador guapetón en una de las pausas publicitarias: no había dudas de que estaban extasiados con la muerte de ese par de idiotas que tanto daño le había hecho al canal). Pero nada produjo tanta felicidad en el canal, y en la prensa chilena, y en el público chileno en general, como el asesinato de Julio César Undurraga, a pocas semanas de que mataran a Pedro Vidal y atropellaran a Ernesto Larraín. Por lo visto, nadie en ese jodido canal ni en esa puto país quería a Undurraga, ni siquiera los músicos con aire funeral que lo acompañaban en el programa (en el *late night*, o *ley nay*, como decía Undurraga) ni los espectadores que sufrían sus bromas ordinarias ni el público pagado que se reía de modo impostado y aplaudía cuando se lo ordenaban ni la mujer de Undurraga, que lo odiaba porque le era infiel con cuanta animadora, bailarina, maquilladora o putita de ocasión se le cruzara por los pasillos del canal. Muerto Undurraga, el programa desapareció y solo el telediario de su canal informó sobre el crimen, no así los informativos de los canales de la competencia, que ignoraron por completo ese hecho de sangre. El noticiero de la televisión pública relegó la noticia al tercer segmento y solo dio cuenta de que Undurraga había sido abaleado en la puerta de su domicilio en Las Condes; no hubo programa de homenaje ni figurones o celebridades locales lamentando su deceso; la información fue seca, desprovista de congoja o aflicción y parecía que se estaba dando cuenta de un hecho que había ocurrido porque tenía que ocurrir, casi como si Chile jugara con Brasil en el mundial de fútbol: ya se sabía que perderían, solo había que ver por cuántos goles. Lo mismo con Undurraga: tamaño cachafaz tenía que morir tiroteado de madrugada, era solo cuestión de tiempo que tal cosa ocurriera. Todo el mundo en el canal, y en la prensa chilena, sabía que Undurraga era un adicto a la cocaína y que hacía el programa duro y excitado por ese polvillo blanco y que las muecas raras y el ritmo vertiginoso y el modo atropellado e imprudente (y prepotente) como se conducía por la vida (y conducía el programa de medianoche) se debían a los muchos gramos de cocaína que aspiraba día tras día. La gente lo despreciaba por eso, no tanto por ser un comediante malo sino por ser un hombre malo, vicioso, pervertido. Los que no consumían cocaína lo consideraban un drogadicto miserable; y los que sí la consumían lo odiaban porque Undurraga era tacaño y nunca invitaba a nadie la cocaína que escondía en su billetera y que corría a aspirar en el baño durante cada tanda comercial para que luego la maquilladora debiera hacer grandes esfuerzos por borrar los rastros de su nariz cuando volvía del baño y se disponía a reanudar el programa en directo. Sea como fuere, era odiado por todos. De modo que cuando el cocainómano insufrible de Undurraga fue abaleado de madrugada, todo el mundo pensó que algún sicario de la droga lo había matado o que Undurraga debía mucho dinero por la cocaína que compraba y no pagaba y quedaba debiendo y entonces se lo habían cobrado con su vida. Nadie, ni la policía ni sus colegas de la televisión pública ni sus familiares, dudó un instante en vincular ese asesinato con el consumo masivo de cocaína de la víctima (que, al momento de morir, se hallaba intoxicada de cocaína, como certificó la autopsia). Todos pensaron que Undurraga, por coquero, por coquero amarrete que no invitaba su coca, por coquero angurriento que se fiaba coca y no la pagaba, por coquero imbécil que andaba atropellando a la gente con su cháchara babosa y sus modales de patán, se había merecido esa muerte y que algún otro coquero lo había matado. Los diarios sensacionalistas de Santiago fabricaron una hipótesis sin fundamento alguno, pero que resultó eficaz para multiplicar sus ventas: Undurraga, consumidor conocido de cocaína, había sido asesinado por sicarios de un cártel mexicano al que había embaucado: los mexicanos le habían mandado varios kilos de coca para que el malogrado comediante la distribuyese en la ciudad, pero Undurraga se la había jalado toda y no les había pagado a los mexicanos y, como era previsible, aquellos malhechores habían enviado a un par de esbirros hasta Santiago para que Undurraga pagara con su vida adiposa toda la coca que les había robado y que se había metido por su nariz de oso hormiguero. En todo caso, me resultó evidente que la policía chilena era tan incompetente como la peruana y que dos de mis tres víctimas eran individuos masivamente odiados y cuyas muertes habían sido celebradas con la debida discreción, lo cual reforzó mi idea de que estaba haciendo lo correcto, obrando con justicia y en aras del bien común, y de paso me reconcilió en cierto modo con Chile, país que me resultaba menos detestable cuando dejaba de ver televisión y de leer periódicos. Nadando en la piscina del último piso del Ritz después de hacerme dar un masaje por una ucraniana que me masturbó bajo la toalla, pensé obsesivamente no en el próximo chileno al que debía matar (el escritor marica Pepe Morel o el millonario marica Julito Cox), sino en que necesitaba echarme un buen polvo con una chilena, solo que seguía sin ocurrírseme a quién llamar, pues todas las chilenas que conocía estaban casadas y todas eran amigas de Alma Rossi. Como la idea de montarme a una chilena me resultaba más urgente que la de seguir matando, decidí llamar a mi mejor amiga chilena, una fotógrafa guapa, madre de tres hijos varones, gran esquiadora, amante del vino y los mariscos, amiga de todos los maricas prominentes de la ciudad: la extravagante y bohemia y famosa porque solo hacía fotos de su cuerpo desnudo Graciela Ravinet, casada con el acaudalado promotor de espectáculos musicales Ramiro Ratto. Me pregunté si Graciela sería una esposa infiel. No lo sabía. Nunca había tenido sexo con ella ni conocía chismes de que ella tuviera amantes. Solo podía dar fe de un hecho innegable: la verga se me ponía dura cuando pensaba en metérsela a Graciela, era a ella, a esa chilena en particular, a quien quería follarme, y me la iba a follar si ella quería y si no quería también, así de arrecho estaba con la idea de tirarme a una chilena y esa chilena tenía que ser Graciela Ravinet, tal vez porque de todas mis amigas chilenas era la que más me recordaba al aire lánguido y ausente de Alma Rossi.

TREINTA Y UNO

Cuando Nina Rossi leyó las cartas que supuestamente le había enviado la tal Daniella, tuvo la absoluta certeza de que no era Nicola sino su hija Alma quien había escrito esas líneas. No es que Nina pensara que Nicola hubiera sido incapaz de amar a otras mujeres estando con ella, lo sabía bien y podía nombrar a cada una de ellas, pero una madre conoce a su hija mejor que nadie en el mundo y, así, apenas leyó la primera carta, Nina supo que esa era la mente retorcida y brillante y perversa de su hija, Alma, tratando de torturarla. Contrariamente a lo que había deseado Alma, Nina Rossi no se sintió desolada al leerlas ni tuvo ganas de matarse, sino que le vino un ataque de risa y en cierto modo se sintió orgullosa de la inteligencia malvada de su hija, digna hija de su padre, digna hija suya. Por eso, cuando Alma regresó del colegio, Nina, que había bebido más de la cuenta y se encontraba de un humor chispeante, le dijo sin más rodeos:

—No sabía que tenías tanto talento para escribir ficciones. Serás la novelista que tu padre no se atrevió a ser.

Alma Rossi quedó petrificada, muda. Su madre volvió a sorprenderla:

—Lo que quieres es que me mate, ¿verdad? —le dijo, y Alma hundió la mirada y se replegó en un silencio trémulo—. ¿O prefieres que me vuelva loca y te mate a ti? —preguntó Nina, y soltó una risa que provocó un escalofrío de miedo en su hija.

Alma Rossi nunca supo de dónde encontró fuerzas para decirle a su madre mirándola a los ojos:

—Sí, lo que quiero es que te mates.

Nina la miró con menos odio que respeto porque sabía que esas palabras estaban impregnadas de una verdad oscura, visceral.

—¿Eso quieres? ¿Que me suicide como tu padre? —preguntó, sorprendida por la temeridad de su hija.

—Sí, eso quiero —respondió Alma, mirando los ojos acuosos de su madre.

—Pues si quieres verme muerta tendrás que matarme tú misma —le dijo Nina Rossi, y se fue caminando lentamente, como derrotada, hacia su habitación.

Alma Rossi sintió que su madre le había pedido que encontrase la manera de matarla, que ella sola no sería capaz de hacerlo, pero que no se oponía a la idea de que ella le quitase la vida o que la idea le resultaba en cierto modo atractiva. *El problema no será matar a la vieja*, pensó Alma. *El problema será matarla sin que descubran que fui yo.* Luego fue a la cocina, abrió la refrigeradora y comió una gelatina roja pensando cómo podía matar a su madre de tal modo que pareciese un suicidio.

TREINTA Y DOS

Alma Rossi llamó por teléfono a Mario Santa Cruz y, después de agradecerle por la hospitalidad con la que había sido recibida en la casa de Zapallar, le dijo que pensaba quedarse allí un tiempo indefinido, que no quería volver más al Perú, que tenía ganas de ponerse a pintar y ese paisaje marino y boscoso le parecía propicio. Luego fue directo al punto: le preguntó si tenía una caja fuerte y le dijo que necesitaba una pistola. Santa Cruz, viejo zorro, sabía bien que Alma era una mujer de muchos pliegues, de infinitas capas y texturas, un misterio dentro de un enigma dentro de un acertijo, y no le preguntó para qué necesitaba una pistola ni por qué le hacía falta saber la combinación de su caja fuerte de la casa de Zapallar. Con voz cálida y paternal, le dijo dónde se hallaba escondida la caja (tras un cuadro de Matta), cuál era la combinación para abrirla y qué encontraría adentro: un millón de dólares en efectivo, otro millón de euros, el equivalente a un millón de dólares en pesos chilenos, joyas de su esposa inglesa y tres pistolas, una con silenciador, además de cuatro cajas de municiones.

—Eres el hombre perfecto —le dijo Alma.

—Gracias, querida —le dijo Santa Cruz, y luego añadió—: Todo lo que hay en la caja fuerte es tuyo, usa el dinero y las armas como mejor te convenga, la casa es tuya y yo soy tuyo, ya lo sabes.

—Sí, lo sé —dijo Alma—. Y no sé qué me haría sin ti —añadió.

—Si necesitas que me ocupe yo mismo de eliminar a alguien que está molestándote, solo me das los datos y te olvidas del asunto —le dijo Mario Santa Cruz, como si estuviese pidiéndole la lista de compras para ir al almacén de Zapallar: no sería la primera vez que este millonario, filántropo y coleccionista de arte mandaría matar a alguien, tenía cierta experiencia en el asunto.

—Gracias, pero es algo que tengo que hacer yo sola —respondió Alma.

—Lo harás bien, como siempre has hecho las cosas, Alma querida —la animó Santa Cruz.

Luego ella le preguntó por la inglesa y él le contó que enamorarse de esa mujer en Edimburgo lo había rejuvenecido, le había devuelto las ganas de vivir.

—Pero el gran amor de mi vida serás siempre tú —añadió Mario Santa Cruz, y no pareció que estuviera diciendo una lisonja o una zalamería, porque lo había dicho de un modo austero y resignado que sonaba a la verdad.

—Yo sé, yo sé. Y el gran amor de mi vida serás siempre tú —dijo Alma, y tampoco mentía, solo que ambos sabían que para preservar ese amor no debían nunca rebajarse a los asuntos concernientes a la copulación y el intercambio de fluidos y secreciones.

—La pistola está cargada, solo tienes que quitarle el seguro —le advirtió Mario Santa Cruz.

—Nos vemos pronto en Santiago —prometió Alma Rossi.

Dijo lo último con certeza, porque antes había llamado al Ritz y, siguiendo una corazonada (la intuición femenina que no falla), había preguntado si el señor Javier Garcés se hallaba alojado allí, y le habían dicho que, en efecto, el señor Garcés estaba alojado en el octavo piso, piso ejecutivo. *Será allí donde morirás, hijo de puta*, pensó Alma, mirando el mar denso, oscuro, misterioso de Zapallar.

TREINTA Y TRES

La coartada que usé para convencer a Graciela Ravinet de que fuese a verme al Ritz fue tan simple como eficaz: le dije que quería que me hiciera unas fotos para un nuevo libro que planeaba publicar pronto y le prometí que la editorial le pagaría generosamente y que desde luego su nombre aparecería al lado de la foto en todas las ediciones del libro, no solo en lengua española sino en las veinticinco lenguas a las que mis libros solían ser traducidos. Graciela se sintió halagada y aceptó la invitación. No era una fotógrafa demasiado respetada en los círculos artísticos o intelectuales chilenos porque tenía fama de ególatra y vanidosa, pues todas sus exposiciones, y todas las fotos de todas sus exposiciones, la mostraban a ella desnuda en posturas sugerentes, sensuales, a veces un tanto desafortunadas o hilarantes: no había punto, promontorio o región de su cuerpo que no hubiese ella fotografiado con minuciosidad, hasta sus pliegues más íntimos, y entonces sus fotos eran conocidas y compradas no tanto por coleccionistas de arte sino por sujetos afiebrados por la lujuria y obsesionados con ese cuerpo bello y glacial. Graciela no necesitaba el dinero que yo le ofrecía, pues vivía como una princesa porque su marido era un hombre rico. Lo que necesitaba era un halago a su vanidad intelectual, sentir que un escritor de prestigio apreciaba o admiraba su trabajo, lo cual era desde luego falso, porque lo que yo apreciaba o admiraba eran sus tetas y su culo y sus piernas y sus labios y quería que esa chilena rica me la mamara bien mamada y lo de las fotos era solo un pretexto para que la muy boba picara el anzuelo y en efecto lo mordió y fue corriendo con su cámara, vestida como una diva, a hacerme fotos. Lo que ocurrió después fue en cierto modo sorprendente para mí, porque ella tomó el control absoluto de la situación: para comenzar, llamó al *room service* y pidió una botella de champán, luego se quitó las botas de cuero y se tiró sobre la cama y encendió la televisión y empezó a contarme lo harta que estaba de su marido y lo insufribles que le resultaban sus tres hijos, que eran chillones y a ratos odiosos, y lo imposible que se le haría la vida si no tuviera un chofer peruano y una cocinera peruana, gracias a los cuales sus tres hijos insufribles hablaban como peruanos, cosa que le hacía mucha gracia. Una vez que se bajó ella sola media botella de champán, sacó la cámara y me ordenó que me parase acá y luego allá y luego más acá y que hiciera tal y cual cosa. Sentí que era una marioneta o un rehén de esa mujer y también pensé que extrañamente me gustan las mujeres que me dominan y me dicen lo que tengo que hacer. Ya medio borracha y más desinhibida, Graciela me dijo que me quitase la camisa y la camiseta, y me hizo fotos con el torso desnudo, y luego me dijo que me quitase el pantalón, las medias también, y ahora estaba yo en calzoncillos blancos y ella me hacía fotos y se me acercaba y me decía *abre la boca* y yo abría la boca y sentí que se me ponía dura y ella me hacía fotos a la cara pero también allí abajo donde yo no podía ya ocultar una prominente erección. Luego ella me dijo *quítate el calzoncillo*, y yo *no, no quiero que me hagas fotos desnudo*, y ella dejó la cámara, me bajó el calzoncillo, se puso de rodillas y me la mamó casi tan bien como me la había mamado tantas veces Alma Rossi, y cuando le dije que me iba a venir, ella se negó a retirar su boca y la recibió toda como una profesional. Luego fue al baño, escupió, regresó, se tendió sobre la cama de nuevo y se masturbó mientras yo le lamía el punto exacto detrás de su oreja.

—No hueles a peruano —me dijo.

—¿Y a qué huelen los peruanos? —le pregunté, mientras ella masajeaba su clítoris.

—A cebolla —dijo ella, y nos reímos.

Quizás no me hubiera reído de haber sabido en ese momento que ya Alma Rossi había salido de Zapallar con la pistola de Mario Santa Cruz dispuesta a recorrer ciento ochenta kilómetros para llegar al Ritz de Santiago y matarme. Pero rara vez un hombre presiente que la muerte lo acecha, porque rara vez un hombre recuerda que pronto, muy pronto, no será nada, ni siquiera un pálido recuerdo de unos pocos.

TREINTA Y CUATRO

Al cumplirse dos años de la muerte de Nicola Rossi, Nina y su hija Alma pagaron por una misa dedicada a su memoria y visitaron su tumba en el cementerio de La Planicie. Alma había cumplido ya quince años y seguía obsesionada con matar a su madre. En el auto de regreso a casa, le preguntó:

—¿Cuánto dinero heredaste de papá?

—¿Y a ti qué te importa? —le dijo Nina, mirándola con mala cara.

—Me importa porque también es mío —dijo Alma, sin dejarse intimidar.

—No es tuyo, es mío, es todo mío, y solo será tuyo cuando yo me muera —respondió Nina secamente.

Alma se replegó y procuró parecer amable:

—¿Y cuánta plata es?

—Mucha. Más de la que necesitarás para ser feliz —le dijo Nina, esquivando la cuestión.

—El problema es que cuando te mueras ya no quedará nada para mí, ya te la habrás gastado toda —di
Alma.

—¿O sea que estás apurada para que me muer
—preguntó Nina.

—La verdad, sí —respondió Alma.

—Si quieres que me muera, tendrás que matarme —le recordó Nina—. Y si me matas, no heredarás los cincuenta millones que dejó tu padre en Suiza, sino que irás presa de por vida.

—No necesariamente. Depende —discrepó Alma.

Nina pareció estimulada por la curiosidad:

—¿Depende de qué?

Alma Rossi demostró que con solo quince años estaba ya en pleno dominio de su poder de mujer fatal:

—Depende de lo bien que te mate. Depende de que tu muerte parezca un suicidio.

—Fantástico, querida. Mátame cuando quieras. Me harías un favor. Estoy podrida de seguir viviendo. Y estoy podrida de verte la cara —dijo Nina Rossi, soltando una carcajada un poco loca.

—*Same here. I'll do my best* —contestó Alma Rossi.

Alma se quedó pensando cómo podría matar a su madre sin que nadie sospechara de ella. No se le ocurrió nada. *Ya se me ocurrirá*, pensó, bajando la ventana, reclinándose en el asiento, mirando hacia arriba, las copas de los árboles, los cables de luz, unas zapatillas colgando, el cielo plomizo. *Ya se me ocurrirá cómo matar a la vieja y quedarme con la plata*, pensó, sin impacientarse. Porque esa era una de las grandes virtudes de Alma Rossi: sabía bien lo que quería, no dudaba al respecto, y sin embargo no se atropellaba, sabía elegir el momento y el modo correcto para ejecutar sus planes. Y este plan, el más importante de todos, vengar la muerte de su padre y sentirse libre por fin y ser rica para toda la vida, no podía fallar.

TREINTA Y CINCO

Alma Rossi esperó pacientemente hasta el día en que cumplió dieciocho años y pudo sacar el documento de identidad que la acreditaba como mayor de edad. Hasta entonces, vivió con su madre, y eran raros los días en que no pensaba cómo debía matarla de modo tal que pareciera un accidente o un suicidio. En cualquier caso, siempre tuvo muy claro que debía esperar a cumplir dieciocho años y ser mayor de edad. Si procedía antes de tiempo, no heredaría la fortuna que su padre había dejado a buen recaudo en Suiza y que le permitía a Nina Rossi darse la gran vida, aunque para Nina Rossi la gran vida no consistía en viajar incesantemente por el mundo sino, al contrario, quedarse muy tranquila en su casa de la calle Burgos, en San Isidro, y moverse poco y disfrutar de la comodidad de un amplio servicio doméstico y de la amabilidad de unas amigas farmacéuticas, que le vendían todas las pastillas que ella se automedicaba y que tragaba como caramelos. Alma Rossi solo viajaba con su madre tres veces al año: en julio se iban a París y luego a Sitges, en mayo se alojaban en su departamento del Upper West Side de Manhattan y en febrero pasaban las vacaciones en Zapallar; el resto del tiempo ambas estaban siempre en Lima y era imposible convencer a Nina Rossi de que valía la pena ir al Cusco o al valle del Colca o al lago Titicaca: Nina Rossi amaba estar sedada y ebria en su casa, compartiendo chismes con sus amigas, jugando naipes, dedicada por completo al ocio y a la vida social. Alma Rossi hubiera querido conocer Londres o Madrid o Estocolmo, pero su madre no le consultaba adónde quería ir de vacaciones y elegía arbitraria y predeciblemente los mismos lugares de siempre, porque en esos lugares tenía amigos y ya sabía bien dónde quedarse, con quién reunirse y cómo moverse socialmente: digamos que, por ejemplo, ya la esperaban en Zapallar cada febrero, y ya todo el balneario sabía que Nina y su hija se alojaban en casa de Mario Santa Cruz todo ese mes, sin falta. A pesar de que viajaban juntas, rara vez salían juntas o se divertían juntas, y se diría que Nina hacía lo posible por evitar a Alma y que Alma, a su turno, hacía lo posible por declinar cualquier invitación de su madre y se quedaba en el hotel o en la casa de los Santa Cruz, solo para evitarse la fatiga y el engorro de soportar la cháchara alcoholizada de su madre decadente, flatulenta, espesa, esa vieja jodida que no tenía cuándo morirse y que ella se encargaría de matar a poco de cumplir dieciocho años. Y así ocurrió, tal como ella lo tenía planeado, y bien planeado. Alma Rossi cumplió dieciocho años un 20 de agosto. Todavía estaba en el último año del colegio. Era una alumna sobresaliente, aunque no tenía amigas, y menos amantes. Leía con voracidad y pintaba ocasionalmente y se masturbaba todas las noches y sonreía cuando pensaba en el modo en que mataría a su madre. Cinco semanas después de cumplir la mayoría de edad, y ya con su documento de identidad y su licencia de conducir, le pidió a su madre que le enseñase a manejar un automóvil. En realidad, ya había manejado furtivamente con Mario Santa Cruz por las callejuelas polvorientas de Zapallar. Nina se sintió halagada de que su hija la considerase útil para algo y no dudó en acceder al pedido de darle clases de manejo. *Lo ideal sería practicar en La Planicie*, sugirió Alma, con aire inocente. Aquella tarde, sábado, día plomizo de setiembre, Nina y Alma salieron de San Isidro en una camioneta Land Rover que tenía ya diez años de uso pero que se encontraba en perfectas condiciones mecánicas y que por lo general era usada por el chofer, pues Nina era floja para manejar, era floja en general. Nina condujo la camioneta, Alma puso un disco de los Rolling Stones, su madre le pidió que bajara el volumen. *Vamos por el cerro*, sugirió Alma. Su madre llegó al óvalo de la Universidad de Lima, tomó la avenida El Polo y, al llegar al cerro, giró a la izquierda y empezó a trepar esa cuesta empinada. En ese momento Mick Jagger cantaba *I can get no satisfaction* en los parlantes de la Land Rover. Apenas giraron la primera curva a la derecha y siguieron trepando el cerro, Alma Rossi se aventó bruscamente sobre el timón, dio un giro violento hacia la derecha y en cosa de dos o tres segundos la camioneta caía dando vueltas y vueltas por las laderas arenosas. Por supuesto, Alma se había ajustado al cinturón de seguridad y había cerrado su ventana y no le había recordado a su madre que se pusiera el cinturón (esa camioneta no tenía las alarmas de ahora, que no cesar de chillar obligándote a sujetarte con el cinturón). De pronto, Nina Rossi gritó *loca, ¿qué haces?*, y ya luego no gritó más porque la camioneta se desbarrancó dando volteretas y en la caída Nina se golpeó la cabeza una y otra vez contra el techo y el timón y el parabrisas y luego salió volando por la ventana de su lado que llevaba abierta, al tiempo que Alma se encogía en posición fetal y aguantaba los golpes y veía cómo la pronunciada caída por el abismo arenoso machacaba la cabeza y los huesos de su madre y primero la dejaba muda y luego la hacía sangrar y finalmente la hacía salir despedida para caer como un saco de papas en el polvo de ese cerro de curvas mortales donde tantos borrachos habían muerto. Cuando por fin la Land Rover terminó de dar vueltas y vueltas de campana y quedó con las llantas hacia arriba, Alma Rossi estaba golpeada pero consciente. Tuvo miedo de que la camioneta estallase en llamas, por eso se esmeró en soltarse, deslizarse por los vidrios rotos, haciéndose más cortes de los que ya tenía, y salir por la ventana por la que había volado su madre. Se puso de pie. Todo le daba vueltas. Olía a gasolina y a pescado y a lo lejos le ladraba un perro chusco. Caminó vacilante buscando a su madre. La llamó a gritos. Nadie respondió, nadie se acercó a ayudar. Un poco más allá, vio por fin a su madre tendida sobre la arena. Se acercó, se puso de rodillas, le vio el rostro desfigurado y sangrante por tantas contusiones, los ojos abiertos con expresión de pavor congelado, la boca abierta y arenosa, y se inclinó y trató de escuchar si esa vieja machucada, su madre, respiraba aún. No. No respiraba. Parecía estar muerta. Alma Rossi tomó el brazo de su madre, sujetó la muñeca y sintió el pulso o, más exactamente, la ausencia de pulso. *Soy una capa*, pensó, y luego sonrió y se dejó caer sobre la arena. Solo media hora más tarde escuchó el ulular de las sirenas. *Soy libre y soy millonaria*, pensó, y sin duda ese fue el momento más feliz de su vida, ella golpeada y recostada sobre el cadáver de su madre.

TREINTA Y SEIS

Esta vez alquilé un Toyota Corolla en una agencia de vehículos en Las Condes, guardé el viejo revolver de dudosa eficacia que había comprado a los peruanos en la Plaza de Armas de Santiago en la guantera de ese auto arrendado y, sin necesidad de un mapa, porque había recorrido ese camino no pocas veces, me dirigí a Viña del Mar. Tenía buenos recuerdos de aquel balneario, no tanto de sus playas como del magnífico hotel Del Mar y de su animado casino, donde había pasado algunas noches. Recorrí los ciento veinte kilómetros entre Santiago y Viña, pagué por una *suite* con vista al mar, me entrené en la faja del gimnasio caminando una hora (a mi lado estaba un tenista chileno muy famoso con quien hablé animadamente) y, tras una cena frugal en el comedor, me fui a dormir temprano, contento de que todo estuviera saliendo a la perfección y ninguno de mis crímenes perfectos me hubiese causado líos o escaramuzas policiales. Antes de dormir, sentí que si los muertos bien muertos estaban y yo seguía libre y tan contento era porque había sido justo y necesario matar a aquellos mequetrefes. Ahora me disponía a exterminar a mi cuarta víctima chilena, el escritor pomposo y amariconado Pepe Morel, que tuvo la gentileza de grabar el primer programa piloto conmigo y que, en rigor, nunca hizo nada en mi contra, pero que me parecía un sujeto insoportable e indeseable. En el caso de Morel, haría una excepción en mi ya larga carrera de asesino en serie (siete muertos a mis espaldas: cuatro peruanos y tres chilenos), pues Morel no había hecho nada público ni privado contra mí, y sin embargo sentía que merecía morir. ¿Por qué merecía morir? Porque Morel encarnaba el prototipo del escritor vanidoso, petulante, inflamado de soberbia, personificaba al escritor que publica libros no porque de veras tenga historias interesantes que contar sino para ir por el mundo pavoneándose como intelectual y escribiendo líneas plúmbeas, soporíferas, con la deliberada intención de exhibirse ante los lectores como un escritor culto, como un escritor altamente ilustrado, como un escritor que usa palabras rebuscadas, alambicadas, y que se pierde en la hojarasca verbal a falta de una buena trama y lo que termina haciendo ante el lector es dopándolo, sedándolo, aburriéndolo y convenciéndolo de que ese escritor sabrá muchas palabras raras y habrá leído muchos libros pero es un plomazo del carajo y no hay quién pueda terminar un libro suyo, ni siquiera su madre. Por eso odiaba a Morel. Y lo odiaba por otra razón subalterna: porque Morel se sentía guapo, se creía guapo, y en todos sus libros publicaba una foto que le habían tomado de joven cuando era estudiante en la Universidad de Stanford, en Palo Alto, California, donde se había graduado como economista: ¿cómo podía tener la desfachatez de publicar en la solapa de sus libros una foto que tenía como mínimo quince y fácilmente veinte años de antigüedad, y en la que parecía otear el horizonte rasgado de melancolía y con una postura de sabio incomprendido? Tenía para mí que Morel, como muchos, no era un escritor de raza, un escritor enfermo del virus de escribir, sino que era un escritor impostado, un escritor apócrifo, un escritor falso en la medida en que no escribía por convicción sino para ganar prestigio social y para verse espléndido en esa foto ya bastante añeja. Eso me parecía una traición a la literatura y por eso los libros de Morel me resultaban despreciables, aunque más despreciable consideraba al propio Morel, que, sin tener nada interesante que contar, publicaba cada dos o tres años una novela rosa, cursi, casi siempre sobre un triángulo amoroso, levemente amariconada (pero solo apenas, para que el lector no sospechase que Morel era homosexual) y de escenas retorcidas, inverosímiles, que resultaban tediosas para el lector. Para mí, Morel era entonces un traidor, y lo era doblemente: no solo porque no era un escritor de verdad sino un intruso trepador con ínfulas de escritor, sino porque además era un homosexual, y un homosexual promiscuo, que se escondía convenientemente en el armario, dada la mojigatería y los prejuicios de sus señoras lectoras, y que cuando daba entrevistas a las revistas de papel cuché como *Cosas* y *Caras* y a los diarios como *La Tercera* y *El Mercurio* ocultaba deliberadamente su condición de homosexual y decía siempre que la gran frustración de su vida era no haber encontrado a la mujer con la que soñaba con casarse y tener hijos, pero que no renunciaba a esa ilusión y que andaba buscando, y con creciente impaciencia, a «la mujer de su vida», cuando para todos quienes conocían de cerca a Morel era obvio que ya la había encontrado, pues era él la mujer de su vida y era él quien pagaba por servicios sexuales a todos los muchachos de Zapallar, Cachagua, Reñaca y Concón. Por traidor, por dos veces traidor, por envilecer la literatura con sus novelas petulantes y por engañar a sus lectoras haciéndoles creer que una de ellas podía terminar siendo el amor de su vida (cuando el amor de su vida era la verga bien erecta de algún muchacho de las playas vecinas a su casa), decidí que Pepe Morel, escritor amariconado, debía morir, merecía morir. Y por eso a la mañana siguiente recorrería los sesenta kilómetros entra Viña y Zapallar y me presentaría sin anunciarme en la casa de Morel en una de las montañas boscosas de Zapallar, casa que Morel había diseñado y ordenado construir cuando heredó el dinero que le dejó su madre, y que, para mi conveniencia, no tenía vecinos, salvo una casa situada a unos trescientos metros pista abajo, que pertenecía a otro chileno, también marica en el clóset, Emilio Levy, que solo pasaba los veranos en Zapallar pero el resto del año vivía en Rabat, Marruecos, buscando moros que se lo montasen y a los que luego pagaba comprándoles alfombras. Lo que no sabía, ni imaginaba siquiera vagamente, era que a la mañana siguiente, cuando yo estuviera rumbo a Zapallar con el objetivo de matar a Morel, a la misma hora, Alma Rossi saldría de Zapallar a bordo de un Volvo prestado con rumbo a Santiago, para matarme a mí.

TREINTA Y SIETE

Con un brazo enyesado y moretones en la cara, Alma Rossi asistió a los funerales de su madre en el cementerio de La Planicie. Alma lloró y sus lágrimas fueron sinceras, no fue un llanto impostado ni falso. Lloró porque estaba feliz. Lloró porque por fin sería libre de esa vieja malvada, cizañera, ponzoñosa que le había envenenado la vida. Lloró porque sabía que en ese momento comenzaba a vivir y que todo lo anterior había sido un ensayo doloroso y cruel. Lloró de alegría sabiendo que Nina Rossi, por estúpida, por adicta a los psicotrópicos, por alcohólica, no se había tomado el trabajo de dejar testamento, con lo cual todos sus bienes pasaron a su única heredera universal: Alma Rossi. Con dieciocho años y cinco semanas de vida, Alma se convirtió en la dueña de la casa de la calle Burgos, a media cuadra de la avenida Salaverry, en el apacible San Isidro, no muy lejos de la casa de Vanderghen esquina con Maúrtua, donde muchos años más tarde se haría mi amante. Al mismo tiempo, Alma Rossi heredó las tres cuentas bancarias en Suiza que, al morir, Nicola Rossi, su padre, le había dejado a Nina Rossi, su madre. Lo que Nina Rossi recibió en esas cuentas, más o menos el equivalente a cincuenta millones de dólares (un dinero que Nicola Rossi obtuvo de un soborno por comprar helicópteros rusos a la Fuerza Aérea Peruana), se había reducido, en los cinco años en que ejerció como viuda borracha y nada afligida, a más o menos veinte millones de dólares, porque Nina, que no era amarrete como su difunto marido, se había comprado un departamento en París cerca del hotel George V (*si el cielo existe debe ser como los salones del George V de París*, solía decir, ahíta de champán y tabaco), un departamento en Sitges, en la costa catalana, y un departamento en el Upper West Side de Manhattan, en Nueva York, a tres cuadras del Central Park, en la esquina de la calle Ámsterdam con la Avenida 92, lo que le permitía dar largos paseos en primavera por el reservorio a nombre de Jacqueline Kennedy Onassis. Alma Rossi se sintió la mujer más feliz del mundo no tanto el día en que enterraron los restos de su madre, sino cuando le confirmaron que la vieja no había dejado testamento y todo, absolutamente todo, pasaba a ser suyo. Con notable sagacidad para una mujer de su juventud, Alma decidió que no cambiaría nada de nada, o casi nada: siguió viviendo en la casa donde se había matado su padre, la casa de San Isidro (simplemente removió y quemó todo lo que había sido de su madre o que remitía a ella o que la evocaba en su memoria), dejó los millones de dólares en las cuentas suizas y se propuso respetar la tradición de los tres viajes anuales: en febrero a Zapallar, en mayo a Nueva York, en julio a París y Sitges. Viajaba sola, con muchos libros, y no deseaba compañía alguna. En los tres departamentos que habían sido de su madre, no quedó rastro alguno ni olor de la difunta, pues Alma lo redecoró todo y borró hasta el menor vestigio que le recordase a Nina. Como era libre y rica, podía hacer lo que le diera la gana, pero no le daba la gana de estudiar en una universidad, porque odiaba que la obligasen a levantarse temprano y a leer libros aburridos, y entonces se dedicó a sus dos grandes pasiones: leer novelas (novelas que ella elegía, no novelas que un profesor casposo de la universidad le impusiera) y ver películas. Ambas pasiones se tornaron adicciones o enfermedades y a los veinte años Alma Rossi no pasaba un día sin ver al menos una película (y fácilmente dos, y en salas de cine, no en su casa) ni sin leer, de madrugada, alguna novela sobre amores contrariados, una de esas novelas que la convencían de que el amor no existía y de que ella no debía caer en esa superstición, en ese espejismo, y debía aprender a bastarse a sí misma y a vivir menos en la realidad que en esa otra vida tanto más rica y estimulante que es la ficción. A diferencia de su padre, Alma leía y no arrancaba las hojas que leía, era minuciosa guardando los libros que le habían gustado y era despiadada arrojando al traste los que la habían aburrido. Todo sugería que sería una escritora o una cineasta, al menos dinero no le faltaba. Pero Alma Rossi tuvo un destello de lucidez y advirtió que si de veras quería ser escritora, tendría que contarlo todo, y contarlo todo la llevaría a la cárcel, de modo que decidió ser, el resto de su vida, una lectora y una espectadora de películas y una mujer sola por elección y por devoción y sin ninguna ilusión por casarse o tener hijos. La idea de la felicidad para ella consistía en pasar una semana en mayo en Nueva York viendo dos o tres películas al día, o una semana de julio en París viendo al menos una película y pasando las tardes en los cafés a los que iba desde su adolescencia. Sentada en esos cafés, tomaba notas en cuadernos que irónicamente titulaba *Pajas*, como titulé luego mi primera novela. Desde luego, un día perfecto en la vida de Alma Rossi, con veinte años, en París o en Nueva York o en Lima, no podía terminar sin masajear delicadamente su clítoris pensando en una mujer (su profesora del colegio) o muy raramente en un hombre (su padre). Esto le garantizaba un sueño de mejor calidad.

TREINTA Y OCHO

Escuché una y otra vez los tres discos de Kevin Johansen que había metido en el equipo del Toyota Corolla para que la música me acompañase en el recorrido de Viña a Zapallar, un trayecto que me traía buenos recuerdos, porque había asistido a varias sesiones de lecturas del futuro en la casa ruinosa de una joven vidente del balneario de Concón, que años atrás había acertado, antes de morir de cáncer sin cumplir los treinta años (una desgracia que nunca supe si la vidente sabía que le habría de acontecer), diciéndome tres cosas: que sería un escritor de éxito, que no tendría hijos y que moriría alrededor de los cincuenta años, pero en ningún caso de viejo. Repetí sin fatigarme cuatro canciones de Johansen que me parecían particularmente notables: «Puerto Madero», «Cumbiambera intelectual», «sos tan *fashion*» y «Fin de fiesta». Era un día frío y soleado y no podía dejar de pensar en ella, en la puta cabrona adorable de Alma Rossi a la que tenía que matar. *Nunca daré con ella*, me dije. *No la veré más*, lamenté. *Moriré sin saber qué fue de la muy perra*, me resigné. Sumido en las canciones y embriagado por el horizonte marino y conmovido por los recuerdos de la pitonisa de Concón, que murió de cáncer dejando dos hijos huérfanos de padre y madre (porque el padre la dejó embarazada de mellizos y se hizo humo), juré por mi honor que no desmayaría hasta encontrar a Alma Rossi y torcerle el pescuezo. Así, ya luego, podría morir en paz.

No fue largo ni tedioso llegar a la calle Ignacio Carrera Pinto, ya en Zapallar, y encontrar la casa que se había construido, con el dinero que heredara de su madre, el escritor amariconado Pepe Morel. Cuando llegué, era mediodía y una luz de destellos rosados se posaba sobre los eucaliptos centenarios y los pinos insignes, levemente mecidos por un viento frío que venía del mar, de allá abajo, del chiringuito. Escondí el revólver de dudosa eficacia cargado con seis balas que bien podían salir o no salir según decidieran los dioses del azar, bajé deprisa y toqué el timbre. Nadie abrió. Toqué y toqué y nadie daba señales de vida. Pensé que Morel estaría en Santiago o en una de sus giras literarias perfectamente inútiles, giras en las que Morel daba entrevistas muy acicalado a reporteros muy malolientes que no habían leído ni pensaban leer sus novelas cursilonas, entrevistas que no contribuían en modo alguno a que Morel vendiera un puto ejemplar más, giras, en fin, que en el mejor de los casos le permitían a Morel pagar una noche de sexo con algún muchacho peruano, ecuatoriano, mexicano o colombiano, dispuesto a meterle la verga por el valor de dos o tres de sus novelas: eran, pues, en teoría, giras de promoción literaria, pero lo que más acababa promocionando el escritor era su culo voraz. Ya iba camino de vuelta al Toyota Corolla cuando escuché una voz atiplada, una voz estridente, una voz de cotorra o papagayo, de pájaro tropical, una voz reñida con el paisaje local: *Javiercito, ¡pero qué sorpresa!*, escuché, y ya antes de voltear sabía que esa vocecilla afectada no podía ser otra que la de mi víctima. En efecto, era él, Pepe Morel, y estaba en bata, una bata de terciopelo morado con las iniciales PM, y llevaba unas sandalias, y el pelo revuelto y la barba incipiente y las ojeras pronunciadas y la cara de alunado revelaban sin duda alguna que acababa de despertarse y que hacía mucho que no escribía una puta línea de una de sus putas novelas porque lo que más le preocupaba en el mundo era levantarse a todos los jardineros de Zapallar y alrededores y pagarles para que le metieran la verga, muy a pesar de los jardineros que por dinero pasaban el mal rato de darle por el culo al más prominente maricón del balneario. Abracé a Morel y lo besé en la mejilla y evité que me besara en los labios. Morel preguntó con genuina perplejidad qué diantres hacía allí, en su casa, en Zapallar, y le respondí que estaba escribiendo una novela ambientada en Chile (lo que no era enteramente falso: solo que no estaba escribiendo la novela sino viviéndola) y que por eso había llegado a Zapallar, para tomar apuntes y fotos que me sirvieran de inspiración. Morel abrió la refrigeradora y sirvió jugo de naranja. Me excusé y pedí una cocacola que Morel se apresuró en abrir y servir con hielo.

—¿Te molesta si subimos a mi cuarto y tomamos los *drinks* en el balcón? —me preguntó Morel.

—Claro que no —le dije.

Pero una vez que entramos a su cuarto, Morel se dejó caer sobre la cama como una gaviota fatigada o agonizante, y al hacerlo se despojó de las sandalias, quedando descalzo, y la bata se le descorrió un poco, permitiendo entrever su panza y su pecho levemente velludo. Apoyando la cabeza en su mano derecha, cruzando las piernas, moviendo los dedos de los pies de un modo levemente coqueto, Morel demostró que no tenía la menor intención de salir al balcón y, muy puto él, me dijo sin más rodeos:

—Bueno, dime la verdad, ¿a qué has venido a mi casa, peruano guapo?

—A verte, solo a verte —dije, sintiéndome un poco corto.

Morel se hizo, todo él, un mohín:

—¿Te gusta verme? —me preguntó, y luego se tendió de espaldas y levantó levemente el trasero.

—No te ves nada mal —dije, odiándolo, y añadí—: Te sienta bien el mar.

—¿Qué quieres hacer conmigo? —preguntó él, la mirada sumisa, resignada, a la vez suplicante de una verga dura.

—Quítate la bata —le dije, y lo hizo enseguida y quedó tendido de espaldas, desnudo, la cabeza a un lado, mirando hacia la ventana por la que se filtraba una luz pálida, rosa.

—¿Te gusta mi culito? —me preguntó.

Miré su culo: no era un mal culo, era un culo estimable, un culo de nalgas aguerridas, un culo lampiño, un culo que sin duda Morel cuidaba con más celo que el que dedicaba a cuidar de sus novelas y su rosedal.

—Sí —le respondí, y me inquieté levemente al sentir algo que podía anunciar una erección. Luego añadí—: Ponte en cuatro.

Morel se puso en cuatro sin chistar.

—Dámela, por favor —me pidió, me rogó—. Métemela duro, Javiercito.

—Cierra los ojos —le dije.

Morel obedeció y cerró los ojos. Entonces saqué el revólver y apreté el gatillo seis veces, apuntando al ojo del culo de Morel. Para mi sorpresa, las seis balas le entraron al orto puro. *¡Bingo!*, me dije, y me alejé del olor a sangre, pólvora y caca.

TREINTA Y NUEVE

Alma Rossi llegó al Ritz de Santiago y preguntó por mí. Le informaron que yo estaba hospedado allí pero que había salido, nadie contestaba en mi habitación. Alma se sentó en uno de los mullidos sillones de la recepción y pidió una copa de champán. Llevaba en su cartera el arma que había sacado de la caja fuerte de Mario Santa Cruz. Estaba dispuesta a matarme esa misma tarde. No sabía que yo estaba a pocos kilómetros de Zapallar, alejándome del cadáver de Pepe Morel, seis veces horadado en el trasero, ninguna bala se había atascado. Alma Rossi no había leído la prensa chilena, no sabía que había matado ya a los dos ejecutivos de la televisión pública y al animador del programa esperpéntico, y menos que ahora había hecho lo mismo con el escritor de novelas cursilonas. Alma suponía que yo no podía vivir sin ella y que pronto llegaría al hotel y le suplicaría que no me abandonara más. Alma estaba segura de que yo no había amado a nadie como a ella ni amaría a nadie como a ella y de que era un pobre pelele enamorado hasta las cachas de ella. Lo que no sabía Alma era que en efecto la amaba pero al mismo tiempo me sentía devorado por los celos y el despecho y quería matarla por amor. Lo que Alma ignoraba era que yo no estaba en Santiago esperándola románticamente, sino para liquidarla y que, entretanto, me mantenía en buena forma como asesino en serie matando ya casi sin razón, por puro entretenimiento, para no perder la sana costumbre de purificar al mundo de sujetos deleznables. Alma Rossi bebió un sorbo de champán y recordó la primera vez que advirtió que yo no era como los demás. Éramos amigos, aunque Alma no era en realidad amiga de nadie, nadie conocía su casa, nadie sabía los entresijos íntimos de su vida, nadie sabía adónde se iba de viaje durante las vacaciones. A pesar de su carácter reservado y su aire enigmático, Alma ocasionalmente asistía a alguna reunión en casa de algún amigo. Aquella noche estábamos en el jardín, bebiendo cerveza, fumando (en aquella época ambos fumábamos, casi todos fumaban), hablando sobre alguna película o sobre algún libro (yo era quien más hablaba con el evidente propósito de impresionar a Alma, quien no ignoraba mis esfuerzos para llamar su atención). Por entonces solo había publicado mi primer libro, *Pajas*, y me ganaba la vida publicando crónicas en algún periódico muy ocasionalmente. Lo que ocurrió fue un hecho del todo infrecuente en las noches de Lima: Alma, dos amigos suyos y yo nos hallábamos conversando cuando de pronto ella dio un respingo y gritó que había una cucaracha caminando a pocos metros, cerca de la piscina. Uno de los muchachos se acercó con intenciones de pisarla y matarla, pero (y esto era algo que nunca había visto Alma, al menos nunca en Lima, y yo tampoco) la cucaracha levantó vuelo, se acercó hacia nosotros y se posó exactamente sobre el hombro derecho de Alma Rossi, que quedó petrificada, lívida, asqueada, horrorizada, de que una cucaracha voladora de regular tamaño se hubiese parado sobre su hombro, un hombro que llevaba descubierto (la sensación de las patas de la cucaracha sobre su piel fue uno de los momentos más repugnantes de toda su vida, mucho peor que encontrar a su padre muerto al volver de la misa de nochebuena y casi tanto como el episodio de la rata). Fue entonces cuando tuve un gesto que Alma Rossi nunca olvidó y que ahora en el Ritz de pronto recordó con pasmo y gratitud: a diferencia de sus dos amigos, que dieron unos pasos hacia atrás, riéndose de la desgracia de Alma, caminé resueltamente en dirección a ella, el rostro desencajado por la cólera, y de un certero manotazo atrapé a la cucaracha y la estrujé con la mano, y Alma escuchó cómo crujió el insecto dentro de mi mano y vio que yo sonreía y luego le dije: *Jamás permitiré que te vuelva a tocar una cucaracha*. Alma Rossi pensaba ahora que supe cumplir solo en parte mi palabra: en efecto, no permití que ninguna cucaracha la volviera a humillar, pero sí la toqué muchas veces y terminé siendo, a sus ojos, otra cucaracha más, una cucaracha que ahora ella debía estrujar y matar.

CUARENTA

La primera vez que Alma Rossi y yo nos abandonamos a explorar el territorio del deseo sexual entre ambos ocurrió unos meses después de conocernos. Ella trató de evitarme pero él fui tan persistente que conseguí que ella aceptara salir a cenar conmigo. Cenamos en un restaurante francés. Ella tomó más vino del que la prudencia aconseja. Ella sabía que yo la deseaba, que deseaba poseerla sexualmente. Pero Alma Rossi era virgen, tenía veinticinco años y era virgen, y estaba contenta siendo virgen y no tenía la menor intención de que alguien la desvirgara, y era sexualmente muy feliz porque se masturbaba todas las noches (a veces pensando en Mario Santa Cruz, a veces pensando en su padre muerto, a veces pensando en su profesora del colegio). Como se emborrachó, cedió a mi insistencia y terminó en mi casa. Apenas procuré besarla y tocarla, ella se replegó, dio un paso atrás y me habló con voz helada y autoritaria:

—No me toques. Haz lo que yo te ordene. Bájate el pantalón.

Estábamos en la cocina, había demasiada luz. Pensé que no era el lugar más propicio para enseñarle mis genitales bajo la luz fluorescente. —Mejor vamos a la sala —sugerí.

—No —me contestó ella—. Quiero verte la pinga acá mismo.

Me sorprendieron el tono despótico que ella empleaba y la falta de crispación erótica que creí advertir en Alma Rossi. También me sorprendió que una joven tan refinada me dijera eso: *Quiero verte la pinga*. Tal vez eso me intimidó. Lo cierto es que cuando me bajé el pantalón y el calzoncillo, ya no la tenía tan dura. Ella me miró la verga como si mirase a una cucaracha y se permitió un gesto de asco o repugnancia, casi como si contuviera arcadas.

—Tienes la pinga más fea que he visto en mi vida —dijo ella.

Me sentí humillado y pensé que Alma Rossi estaba loca. Me subí el pantalón.

—¿Has visto muchas pingas? —pregunté.

—Unas cuantas. Pero todas eran más bonitas que la tuya. La más bonita era sin duda la de mi padre.

Quedé estupefacto, no supe qué decir. Sintiéndome un arácnido purulento, le pregunté:

—¿Y por qué te parece que la tengo tan fea?

—Porque es objetivamente fea —sentenció Alma Rossi.

No intenté discutirle el adverbio.

—¿Hay algo que podría hacer para que te guste? —me limité a preguntar.

Alma Rossi sonrió con malicia o con maldad:

—Sí, claro —y fue como si hubiese esperado esa pregunta para luego decir—: Tienes que hacerte la circuncisión, idiota. Las pingas encapuchadas me dan demasiado asco.

Nunca había sentido asco de mi verga.

—Lo siento, veré qué puedo hacer —atiné a decir.

—No lo sientas —dijo Alma Rossi—. Si quieres que te la mame, hazte la circuncisión, es así de simple.

Me quedé perplejo por la audacia retórica de Alma Rossi.

—Bien, bien —dije—. Buscaré un médico y veré qué puedo hacer.

Alma Rossi se rió con aire burlón:

—Tampoco es que vayas a dar a luz, huevas. Solo te van a sacar la capucha de la pinga y tendrás una pinga menos horrenda y más higiénica.

—¿Y entonces te gustará y tiraremos? —me entusiasmé.

Alma Rossi me frenó en seco:

—Tirar, ni cagando. Yo no tiro ni tiraré con nadie nunca. Pero si queda bonita te daré una buena mamada.

Sentí que se me puso dura.

—¿Eres buena mamando? —pregunté.

—La mejor —dijo Alma Rossi, y cogió sus cosas y se fue sin darme un beso ni decirme *nos vemos*.

CUARENTA Y UNO

Alma Rossi se había cansado de esperar a que yo llegara al Ritz. Llevaba horas esperando en el *lobby* y en el bar y en el restaurante y en el *spa* del último piso y yo no aparecía. Alma estaba furiosa. Se preguntaba si yo estaría con alguna de mis amiguitas chilenas. Se preguntó si volvería para dormir. Eso era algo que ni yo mismo sabía. De regreso a Santiago tras meterle seis balas en el culo al escritor amariconado Pepe Morel, me había detenido en Viña del Mar, comí desmesuradamente en un estupendo restaurante italiano, el San Marco, en la avenida San Martín, y luego entré al casino del hotel Del Mar, donde me puse a jugar en las máquinas tragamonedas, sin suerte en las muchas veces que tiré de la palanca con la ilusión de ver la combinación perfecta de cerezas y solazarme con el escandaloso ruido metálico de las fichas cayendo unas tras otras, ruido que a veces escuché de otras máquinas, pero que no logré que la mía emitiera todavía. *Malaya mi suerte*, pensé. Luego eché una mirada afuera y vi que ya estaba oscureciendo y consideré que tal vez no era una buena idea manejar de noche desde Viña hasta Santiago y no lo pensé dos veces, perezoso como soy, y amante de los buenos hoteles como el hotel Del Mar, me acerqué a la recepción, pedí una habitación para no fumadores con vista al mar, me registré y luego regresé al casino y cambié de máquina y pensé *tres veces más y subo al cuarto* y a la primera, bingo, sonó la alarma de mi felicidad y de la victoria y cayó un torrente de monedas y pensé *la puta que me parió, soy un tipo con suerte*, y todo el mundo me miraba con envidia o simpatía y algunas señoras mayores que no paraban de fumar y de bajar una y otra vez la palanca de la fortuna me felicitaron y no habían pasado diez segundos y ya había varios niños pidiéndome una propina, niños que fueron ahuyentados con toscos modales por un agente de seguridad. Cambié las fichas por dinero, hice las cuentas, comprobé que no solo había recuperado todo el dinero que había perdido en las varias horas que llevaba dándole a la maquinita del orto sino que por fortuna había ganado y no poco, al menos como para pagar la noche en el hotel y el alquiler del auto y aun así me quedaría una ganancia nada desdeñable. *Estupendo*, pensé, y antes de subir a la habitación me detuve en el bar y me tomé una copa de champán (algo que me pareció insólito, pero que disfruté en cada sorbo) y evité las miradas insinuantes de dos o tres mujeres instaladas en la barra, prostitutas de lujo. Finalmente subí y me di una larga ducha caliente y fue allí cuando se me ocurrió lo que tenía que hacer. Una vez que me hube secado, me amarré una toalla a la cintura, llamé a Graciela Ravinet, la desperté. Ella habló en voz baja porque su marido roncaba a su lado, salió de la cama y fue al baño. Le pedí que llamara a Julito Cox y que le dijera que fuera al hotel Del Mar en Viña, que yo lo estaría esperando, que quería verlo para ir juntos adonde la nueva bruja de Concón. *Ya, ya, mañana lo llamo al Julito*, me dijo Graciela, pero le dije que lo llamara ahí mismo, no importaba que fuera tarde, tampoco era tan tarde, ni siquiera eran las doce de la noche, Julito seguro estaría en una fiesta o algo así.

—Bueno, ya, lo llamo al tiro —me dijo Graciela.

—Te llamo en cinco minutos y me confirmas si viene ahora o mañana o cuándo —le dije.

—¿Tan desesperado estás por verlo? —me preguntó ella, sorprendida.

—No, lo que quiero es que me lleve adonde la nueva bruja de Concón. No sé llegar solo —le contesté, y ella se rió.

—Malo, manipulador, el pobre Julito va a pensar que te lo quieres tirar —me dijo.

—No seas mala, todavía me queda estómago —le dije, y nos reímos.

Cortamos y ella llamó a Julito Cox y él contestó. Estaba en un lugar ruidoso, se escuchaba una música estridente, habló a gritos, tardó en entender lo que ella le decía, ella tuvo que levantar la voz, repetir las cosas:

—Que dice Javier Garcés que vayas al hotel del Mar en Viña, que está allá, que te espera, que quiere verte ahora mismo si puedes, o mañana, que quiere ir adonde la nueva bruja de Concón contigo.

—Loli, loli —dijo Julito Cox, a los gritos.

Cuando Julito Cox decía *loli* era que le parecía bien, que estaba todo bien. Todo el día decía *loli*, pronunciaba esa palabra decenas de veces cada día, todo le parecía loli, su vida era loli, sus mansiones eran lolis, su padre anciano millonario había sido loli porque le heredó todo su dinero, su madre putona era re loli porque él le contaba cómo le gustaba que le metieran la verga y cómo le gustaba mamarla y ella, de tan loli, se reía como loca con él, todo era loli en el mundo loli de Julito Cox, como loli era su Porsche rojo convertible, el único de Santiago, al que Julito subió, encendió, puso una música loli a todo volumen y, pensando que esa noche se la iba a mamar por fin, después de tanto desearlo, a ese peruano tan loli que era el escritor Javier Garcés, aceleró rumbo a Viña del Mar, pensando en que con suerte llegaría antes de las dos de la mañana a la habitación donde yo lo esperaba.

Mientras Cox manejaba a toda prisa por la autopista y fumaba un cigarrillo y masticaba frenéticamente una goma de mascar y cantaba una canción de Bandana («Sigo dando vueltas»), Alma Rossi se hartó de esperar y decidió que de ninguna manera iba a manejar de noche de regreso hasta Zapallar y entonces pidió una habitación para pasar la noche en el Ritz, pero como sabía que la policía podía estar buscándola, dijo que le habían robado sus documentos, dio un nombre falso (Grace Kelly, y la recepcionista era tan tonta que de verdad creyó que se llamaba Grace Kelly), pagó en efectivo porque dijo que también le habían robado sus tarjetas de crédito y subió a su habitación para dormir.

En el mismo instante, exactamente a las doce de la noche en el litoral chileno, yo estaba masturbándome pensando en Alma Rossi (pensaba que antes de matarla me la iba a tirar con el cañón apuntándole a la sien y eso me excitó más que de costumbre), Julito Cox está fantaseando morbosamente con la idea de mamármela y pedirme que le metiera un rosario por el culo (que es lo que más le gusta que le hagan sexualmente: que le introduzcan uno a uno los anillos del rosario por el culo, rosario que le regaló su madre a Julito Cox, no para que rezara precisamente, sino porque lo compró en una tienda de artilugios sexuales y le dijeron que ese rosario era perfecto si su hijo era una loca pasiva), y Alma Rossi se había metido al baño, se había desnudado, se había sentado en el bidé y había abierto el chorro de agua caliente para que le diera exactamente en el clítoris (y mientras recibía el masaje de agua caliente pensó que después de matarme llamaría a Mario Santa Cruz y se la mamará por primera y única vez en su vida).

CUARENTA Y DOS

Desde niña, Alma Rossi tuvo premoniciones, siempre se le habían cumplido y en tres ocasiones le habían salvado la vida. Sus premoniciones eran claras, nítidas, rotundas, y se le aparecían en forma de sueños de los que despertaba sobresaltada. No ha tenido muchas, las recuerda todas y sobre todo recuerda aquellas que le avisaron que estaba a punto de morir. Su primera premonición ocurrió la víspera del suicidio de su padre, en forma de sueño, como sería siempre: estaba en el cementerio, llorando, viendo cómo enterraban los restos de Nicola Rossi. Al día siguiente, al volver de la misa de gallo encontró a su padre con la tapa de los sesos abierta. Su segunda premonición (que le dio la idea con que mató a su madre) ocurrió cuando soñó cómo su madre salía disparada por la ventana de una camioneta mientras rodaba por un abismo arenoso y luego a su madre decapitada se la llevaba el viento y no volvía más. En ese caso, ella misma se encargó de cumplir la premonición, de hacerla realidad. Su tercera premonición la asaltó en un hotel de París: soñó que el avión en que viajaba era partido por un rayo y caía al mar oscuro y moría ahogada. Al día siguiente se negó a subir al vuelo que debía tomar, se negó a ir al aeropuerto, se quedó en el hotel esperando a que las noticias confirmaran el presagio fatal: en efecto, el vuelo que debía tomar acabó hundido en el océano, sin ningún sobreviviente. Su cuarta premonición fue tan vívida que despertó dando manotazos, jadeando: moría ahogada entre grandes bloques de hielo. Cuando ocurrió estaba en un hotel de la Patagonia y al día siguiente debía subir a un crucero turístico para acercarse a los glaciares. Esa vez dudó de su premonición y estuvo a punto de subir al barco, pero en la escalerilla sintió un escalofrío de miedo y dio marcha atrás y decidió obedecer el mandato de sus sueños sombríos, y tal como lo había soñado, un gigantesco bloque de hielo se desprendió cerca del crucero turístico y levantó una ola de gigantescas proporciones que volteó el barco y mató a todos los que viajaban en él. Su quinta premonición también la salvó de morir. Por lo visto, esos sueños tan brutalmente reales, tan distintos a los sueños comunes, estaban siempre asociados con la muerte, una muerte que ella podía evitar o que, como en el caso de su madre, podía propiciar. Esta vez Alma Rossi soñó que yo la sorprendía tomando el té en un hotel de Lima y la secuestraba con refinados modales y la llevaba a una habitación y me disponía a matarla, estaba resuelto a matarla, pero ella me la mamaba y eso me humanizaba, neutralizaba mi instinto homicida, y por eso ella me la mamó prolijamente cuando sabía que su muerte era inminente, porque también sabía (eso le había informado su premonición) que la mamada le salvaría la vida, impediría que apretase finalmente el gatillo, como en efecto ocurrió.

Ahora Alma Rossi acababa de despertar de madrugada en el Ritz de Santiago, dando un grito de susto para escapar de la premonición que soñaba, en la que se hallaba sumida: era ella quien tenía un arma de fuego, era ella quien apuntaba a mi cabeza, era ella quien disparaba, pero luego yo, malherido, sacaba un arma y, antes de morir, alcanzaba a darle un tiro de respuesta, y Alma Rossi sintió cómo penetraba el proyectil metálico en su pecho y le reventaba el corazón y caía desplomada. Alma Rossi se levantó desnuda, caminó hacia el baño, se miró en el espejo y pensó: *Estoy jodida, voy a matarlo y él antes de morir me matará, nos mataremos los dos, mis premoniciones se cumplen siempre, a menos que, para evitar que él me mate, yo obedezca la advertencia y no le dispare primero.* Alma Rossi llegó entonces a una simple conclusión: *Debo obedecer esta premonición, no debo nunca dispararle a Garcés; lo mataré de otro modo, lo mataré envenenándolo; seguramente Mario Santa Cruz me conseguirá el veneno para matar a Garcés, Mario siempre odió a Javier. Lo que no debes hacer nunca en tu puta vida es dispararle a Garcés, porque si lo haces, morirás*, se dijo Alma Rossi, otra vez en la cama, y ya no pudo volver a dormir y encendió el televisor y vio las noticias en inglés.

CUARENTA Y TRES

Julito Cox nunca llegó a la habitación donde yo lo esperaba para matarlo a tiros. Con apenas veintiún años, Cox conducía a ciento cuarenta kilómetros por hora su Porsche rojo convertible cantando a gritos una canción de Avril Lavigne («Nobody's Fool») cuando, entre Curacaví y Casablanca, en plena autopista 68, no atinó a otear en el horizonte un camión que se hallaba detenido sin luces ni señales de advertencia. Julito Cox frenó pero ya era tarde, ya su coche se metió estruendosamente debajo del camión, ya los fierros crujieron y chirriaron y se estrujaron, ya su cabeza decapitada quedó con los ojos abiertos y la lengua afuera (como cantando «Nobody's Fool») en medio de la autopista, ya su vida de celebridad de la farándula chilena acabó segada tristemente por la imprudencia de un camionero que había bajado a mear a la vera de la ruta. A la mañana siguiente, al despertar, llamé a Graciela Ravinet y le dije que Cox todavía no aparecía por el hotel, que seguía esperándolo.

—Julito se mató —dijo Graciela, y no lo dijo llorando, lo dijo secamente, como si no estuviera sorprendida, y luego añadió—: El muy huevón iba a mil por hora y se metió debajo de un camión, murió decapitado, alucina —enseguida dijo más—: Y lo peor es que, según el camionero, la cabeza de Julito seguía hablando en la autopista.

—No puede ser —dije—. ¿Y qué decía la cabeza de Julito?

—Algo así como *qué loli, qué loli* —dijo Graciela, y luego añadió—: Al menos eso es lo que dice el Ignacio Passalacqua en «SQP».

—Ahora mismo prendo la tele —dije, y colgué.

Pero antes de prender el televisor y poner Chilevisión, solté una carcajada, salí al balcón, mi vista se perdió en el horizonte brumoso del mar y pensé: *Putamadre, no hay duda, soy un tipo con suerte.* Luego pensé: *No es verdad que los que tienen dinero son los más inteligentes; Julito Cox era la prueba viviente de que un sujeto muy estúpido puede ser muy rico.*

CUARENTA Y CUATRO

Como ambas muertes se produjeron casi el mismo día, la prensa chilena informó con escándalo sobre el accidente de Julito Cox y se ocupó muy marginalmente del crimen que acabó con la vida de Pepe Morel. Cox era una celebridad y por eso la noticia de su temprana muerte ocupó las primeras planas de los periódicos, abrió los telediarios y alborotó los programas de la farándula (ese amasijo de gente confundida del cual Cox era un personaje conspicuo, amado, adulado y despreciado) y los profesionales del chisme deslizaron todas las insidias imaginables, sin prueba alguna: que Cox había estado borracho, que había estado drogado, que se había suicidado, que había tenido un pleito con su madre y por eso había perdido el control y se había estrellado, que se había peleado con su novio sueco (en realidad un chileno, hijo de chilenos, criado en Estocolmo) o, mejor dicho, que su novio sueco lo había dejado para volver a Estocolmo y que Cox no había podido soportar la pena y deliberadamente había clavado su auto de lujo debajo del camión; incluso se dijo que Cox se había matado al enterarse de que tenía sida. Quienes esparcieron por la televisión y la radio chilena esta chismografía perversa eran todos amigos o enemigos de Cox, y algunos de ellos habían sido sus amantes ocasionales y eran conocidos en Chile no como chismosos sino como «opinólogos», es decir personas capaces de opinar sobre cualquier cosa aun sin saber nada de cualquier cosa. Hubo quienes lloraron ante cámaras, hubo quienes usaron como pretexto la muerte de Cox para jactarse en vivo de la desinteresada amistad que tenían con él (es decir no hablaron bien del muerto sino que aprovecharon al muerto para hablar bien de sí mismos), hubo quienes dijeron que Julito Cox había sido el gran agitador de la modernidad cultural chilena, el Andy Warhol chileno, cuando en realidad Cox era solo una lombriz con dinero que reptaba por el mundo buscando una verga dura que se dejase mamar por él. Como suele ocurrir con los muertos, Julito Cox pasó a ser considerado, tras su fatal accidente, una persona brillante, audaz, innovadora, un adelantado a su tiempo, un genio solitario incomprendido; como suele ocurrir con los muertos, Julito Cox fue elogiado con desmesura y fue llorado con histrionismo y sin duda su reputación mejoró considerablemente comparada con la muy dudosa que había tenido en vida: ya cadáver, todos decían que era el gay más revolucionario de la historia de Chile, siendo que en vida esos mismos decían era el maricón más idiota e insufrible en la historia de la humanidad, y muchos de los que ahora lo cubrían de halagos pomposos habían sido quienes hablaban pestes de él cuando lo veían paseando ostentosamente su riqueza y su imbecilidad. Por culpa de Julito Cox, la muerte del escritor amariconado Pepe Morel pasó a ser una noticia muy menor, relegada a las páginas culturales o policiales, ya que Morel no era una celebridad, no era un personaje de la farándula, era solo un escritor que publicaba una novela cada dos o tres años y que vendía en el mejor de los casos diez mil ejemplares en Chile y solo en Chile porque ninguna editorial había querido publicarlo en España. Con Morel pasó en cierto modo algo distinto de lo que ocurrió con Cox: su muerte no lo convirtió en una persona mejor, sino en una peor. Pues algunos diarios populares, como *Las Últimas Noticias* y *La Segunda*, recogieron testimonios de humildes pobladores de barrios vecinos a Zapallar que daban cuenta de la promiscuidad homosexual del difunto Morel, quien era acusado de seducir a jóvenes pobres, emborracharlos, drogarlos y pagarles para que tuvieran sexo con él. Según esas noticias, Morel era odiado por todas las familias humildes de los barrios vecinos a su mansión, odiado por los padres de los muchachos a los que seducía y prostituía, y odiado en particular por los propios muchachos que por pura desesperación económica aceptaban montarse a Morel a cambio de un dinero que, trabajando como jardineros o albañiles o vigilantes, con suerte ganarían en un mes, y darle por el culo a Morel, tras tomar buen vino chileno, era cosa que no duraba más de una hora. Para esos diarios chilenos (que, por cierto, gozaban de amplia lectoría), la muerte de Morel se debía a que uno o varios de los muchachos a los que él acostumbraba pagar por sexo había decidido vengarse y lo había asesinado en represalia contra las humillaciones que había sufrido obligándose a un acto sexual que en el fondo le repugnaba. «Escritor marica es ajusticiado», era el titular de uno de los diarios populares chilenos, que no escatimaba detalles para informar que todos los proyectiles le habían sido introducidos por el conducto rectal; el tono de la noticia, no cabía duda, era uno de no tan disimulada reivindicación del crimen; ya el titular lo decía sin rodeos: se había hecho justicia con ese maricón promiscuo y putañero. Por supuesto, los periódicos serios, como *El Mercurio* y *La Tercera*, omitieron cualquier alusión a las veleidades sexuales del difunto y solo se ocuparon de informar sobre el crimen (pero el espacio que le dieron fue uno muy menor, dado que Cox se había robado todas las páginas) y de recoger declaraciones de colegas escritores que cuando Morel estaba vivo lo detestaban e intrigaban contra él y menospreciaban sus libros, pero ahora que ya estaba muerto y bien muerto y no representaba una competencia ni una amenaza de vender más libros que ellos, esos mismos eran quienes ahora salían diciendo que Chile había perdido a una de sus voces literarias más ricas, a un talento incalculable, a un portentoso escritor. Lo que más llamaba la atención era que, como en el caso de Cox, los escritores que se ufanaban de haber sido amigos de Morel y lo cubrían ahora de elogios no perdían ocasión, al mismo tiempo, de recordar lo buenos y generosos que ellos habían sido con él o lo mucho que Morel apreciaba y admiraba sus obras literarias, o contaban anécdotas no tanto para revelar alguna cualidad del finado sino principalmente para exaltar algún detalle noble que consideraban propio. En cualquier caso, si ya Morel odiaba a Cox cuando ambos vivían (y lo odiaba no solo porque Cox tenía mucho más dinero, sino porque en una ocasión, estando ambos drogados, Morel le había hecho a Cox una insinuación sexual que este había desairado, cosa que Morel no le perdonó jamás, pues él se sentía muy guapo y, a su parecer, Cox era tan feo como un sapo), ahora que ambos estaban muertos y era Cox quien se robaba todos los titulares y eclipsaba el deceso de Morel, sin duda Morel debía de estar odiando a Cox mucho más de lo que lo había odiado en vida, si había una vida después de esta vida. Y en cualquier caso, a Cox la muerte lo mejoró muchísimo como persona y a Morel la muerte le estropeó muchísimo la reputación y no había jardinero que cuando se emborrachaba empezara a alardear de haber sido quien vengara el honor de todos los barrios aledaños matando a balazos por el culo a esa loca mala. Y en cualquier caso, leyendo las noticias y viendo los programas de televisión en mi habitación del hotel Del Mar, tuve de pronto algo parecido a una revelación o una epifanía: vi con absoluta claridad que no debía regresar nunca al Perú y que debía quedarme a vivir en Chile hasta el último de mis días, hallase o no a la puta cabrona adorable de Alma Rossi.

CUARENTA Y CINCO

Mientras Alma Rossi conducía el Volvo que había tomado prestado en la casa de Mario Santa Cruz (pues no quería manejar por Chile el Audi A6 con matrícula peruana) y regresaba hacia Zapallar dispuesta a urdir cuidadosamente, y con la complicidad de Mario Santa Cruz, un plan para envenenarme, sabiendo que yo, su enemigo, estaba registrado en el Ritz y que volvería pronto, y sabiendo además que no debía sucumbir a la fácil tentación de dispararme con el arma que había sacado de la caja fuerte de Mario Santa Cruz, pues su premonición le había advertido que tal cosa sería un error de consecuencias fatales para ella, yo regresaba a Santiago en el Toyota Corolla que había alquilado para ir a Zapallar para matar a Pepe Morel, ignorando que ese viaje me había salvado la vida, o al menos me había salvado de un encuentro brusco y con seguridad sanguinario con Alma Rossi premunida de un arma en su habitación del Ritz, y dispuesto a seguir la poderosa corazonada que me asaltara en Viña del Mar, es decir, la de quedarme un tiempo indefinido a vivir en Chile, no necesariamente a esperar a Alma Rossi, pues en cierto modo me había resignado a la idea de que Alma Rossi se me había perdido para siempre y no tenía cómo saber que ella iba camino a Zapallar al mismo tiempo que yo iba de Viña del Mar a Santiago y que en algún punto de la ruta nuestros autos se habían entrecruzado, a pocos metros aunque por vías separados, y no nos vimos, tal vez porque estábamos en un túnel o porque jamás hubiéramos sospechado que estábamos tan cerca uno del otro y cada cual se hallaba absorto, ensimismado en sus propios planes y desvaríos. También estaba dispuesto, por consiguiente, a alquilar un departamento no en Santiago, ciudad que me resultaba insoportable por su aire viciado, sino en algún edificio moderno de Reñaca, para estar no muy lejos de Viña y no muy lejos de Zapallar y, sobre todo, a un paso del mar y de las chicas argentinas y brasileras que llegarían pronto, con el verano. El plan que rumiaba en el momento en que mi auto pasó a pocos metros del Volvo que conducía Alma Rossi, yo volviendo a la capital, ella buscando la paz de Zapallar (sin saber que el exclusivo balneario se encontraba revuelto por el crimen de Morel y que la policía andaba interrogando a cuanto jardinero musculoso encontrase en los alrededores, sin saber que los caseros de Mario Santa Cruz se encontraban consternados porque Morel era un asiduo visitante de la mansión de Santa Cruz y le tenían aprecio y sabían de su refinado paladar y su apetito insaciable), era un plan modesto y en cierto modo resignado: ya me cansé de matar, me dije, ya me cansé de esperar a Alma Rossi, ya maté a todos los que quería matar y el que me faltaba se mató solo por idiota y me hizo la vida más fácil, ahora quiero descansar, quiero volver a escribir, quiero escribir cerca del mar y por eso me quedaré un año haciendo una vida sosegada y ermitaña en Reñaca, donde el aire es puro y podré conseguir a un precio razonable un buen departamento con vista al mar y donde nadie en el jodido planeta podrá encontrarme porque alquilaré el departamento usando uno de mis pasaportes con otro nombre (en una época fui muy amigo de un presidente de mi país, y eso me facilitó obtener tres pasaportes auténticos con tres nombres distintos pero con la misma fotografía, fina cortesía del presidente ladrón que fue mi amigo y que ahora vive en Roma). Por lo visto, como ya había matado lo suficiente, ya había matado a todos los que quería matar y ahora, como no podía dar con Alma Rossi y estaba harto de esperarla en el Ritz, ya quería la mediocre felicidad de una rutina, la predecible felicidad de una vida anónima, escribiendo en Reñaca, mirando el mar, siendo amigo de nadie y buscando la amistad de nadie. No puedo escribir una novela contando todo lo que he vivido desde que el doctor me comunicó equivocadamente que me quedaban seis meses de vida, consideré. Si escribiera esa novela y la publicase, me delataría con escándalo y, por muy estúpida que sea, la policía peruana ataría los cabos que nunca pudo atar y comprendería que fui yo quien mató a todos esos cerdos despreciables y dejaría de buscar a Alma Rossi, si acaso la está buscando. Como no puedo escribir una novela autobiográfica sobre mi vida de asesino en serie y fugitivo y enfermo terminal que de pronto descubre que no era verdad que estaba a punto de morir, escribiré una novela sobre Alma Rossi, contaré todo lo que sé acerca del misterio de Alma Rossi, revelaré sus detalles más impúdicos y los más sórdidos entresijos de su alma, narraré su maestría para mamármela como nunca nadie me la mamó y, sobre todo, le atribuiré los crímenes que cometí en Lima y también los que perpetré en Chile. Claro que no llamaré Alma Rossi a su personaje, algún nombre se me ocurrirá para encubrir su identidad, pero ella, si aún vive, algún día leerá la novela y sabrá que es mi manera de matarla no pudiendo matarla de veras, es mi manera de asesinarla en la ficción dado que no puedo hacerlo en la realidad, pues ella es demasiado esquiva y demasiado astuta y nunca se dejará atrapar por mí. Al mismo tiempo, o casi al mismo tiempo, Alma Rossi se desplazaba a velocidad moderada en el Volvo de Mario Santa Cruz, consciente de que si excedía el límite de velocidad correría el riesgo de que la detuviera una patrulla de carabineros, y se proponía un plan que le parecía simple y, por tanto, casi con seguridad infalible, porque las cosas simples son las que a menudo funcionan bien: una vez que se instalara en Zapallar, le pediría a Mario Santa Cruz que fuera a visitarla, le contaría todo, absolutamente todo, le mamaría la verga (que es algo que había deseado desde hacía mucho tiempo) y luego le pediría una prueba de amor. No le pediría, desde luego, que dejara a su flamante esposa inglesa, no era tan tonta para enredarle así la vida a su viejo y querido amigo, le pediría que llamara al Ritz o que fuera al Ritz y fingiera encontrarse casualmente conmigo y que me invitara a cenar a su casa en Santiago y que me diera una bebida envenenada, un trago de necesidad mortal, un veneno que horas más tarde me provocara la muerte, idealmente de un paro respiratorio o de un modo que no indujera a la sospecha de que había sido envenenado. Alma Rossi pensó que Mario Santa Cruz debía de haber matado o mandado matar a más de una persona, pensó que Mario Santa Cruz debía de tener a mano ese veneno o saber cómo conseguirlo, pensó que Mario Santa Cruz haría exactamente lo que ella le pidiera: me invitaría a cenar y me daría de comer o de beber algo que me matará sin que nunca nadie sospechara que había sido ella, Alma Rossi, quien ordenó que me matasen a mí, ese pobre diablo enamorado de ella que no había hecho más que meterla en líos desde que la conoció y que se circundó la verga para que ella le enseñara lo maestra que podía ser chupándosela. Sin saber que estábamos tan cerca, ambos, sin embargo, seguíamos pensando el uno en el otro: yo pensaba escribir una novela para matarla literariamente y ella pensaba seducir a Mario Santa Cruz para que este se ocupase de matarme realmente. Lo cierto es que, odiándonos como nos odiábamos, o amándonos viciosamente como nos amábamos, ninguno podía dejar de pensar en el otro, y esa debía de ser una forma maldita y peligrosa de seguir amando.

CUARENTA Y SEIS

Cuando, siguiendo las instrucciones de Alma Rossi (que no tuvo que mamársela para convencerlo), Mario Santa Cruz me llamó al Ritz para invitarme a cenar, la señorita de la recepción le dijo que yo había abandonado el hotel el día anterior. Sorprendido, Santa Cruz preguntó si había dejado el hotel pero pensaba volver, si seguía registrado en el hotel, y fue informado de que ya había pagado mi cuenta y me había retirado y no había comunicado ninguna intención de regresar pronto, pues no había reserva alguna a mi nombre. Santa Cruz preguntó si sabían adónde me había marchado y le dijeron que no lo sabían, que yo era muy comedido en mis expresiones y no le había contado a nadie del hotel adónde me dirigía. Santa Cruz no se dio por vencido y pidió que verificasen qué número telefónico había dejado escrito en mi ficha de registro al alojarme en el hotel. No era un celular chileno, era un teléfono peruano, *probablemente sea el teléfono de su casa en Lima*, le dijeron. Ofuscado, Santa Cruz colgó y llamó a ese teléfono en Lima, pero le contestó una grabación y no pudo dejar un mensaje porque el buzón estaba lleno. Entretanto, Alma Rossi intentaba pintar un autorretrato en la casa veraniega de Santa Cruz en Zapallar y se sorprendía porque el rostro que ella pintaba de sí misma era el de una mujer angustiada, tensa, atormentada por algún recuerdo, claramente el rostro de una mujer infeliz. Alma Rossi se preguntó mirando el cuadro si era en efecto una mujer infeliz y se respondió que sí, que solo había sido feliz cuando vivía su padre, que desde el suicidio de su padre había sido una mujer crecientemente infeliz y que ahora su pobre idea de la felicidad (o de una sensación de júbilo que pudiera parecerse a la felicidad) se reducía a envenenarme, tarea que había encomendado a Mario Santa Cruz con la convicción de que Mario no fallaría en cumplirla cabalmente. Pero Mario no sabía dónde coño me había metido, porque habló con sus amigos del gobierno y de la policía y no había constancia de que yo hubiera salido del país. *Es probable que esté manejando de regreso a Lima*, pensó. Luego volvió a llamar a sus amigos de la policía y les dio instrucciones para que me detuvieran en el control fronterizo terrestre entre Chile y Perú. *Si no ha salido por el aeropuerto, debe de estar en la autopista rumbo a Lima*, pensó. Pero esta vez se equivocó, a pesar de que él no solía equivocarse. Porque yo estaba manejando, en efecto, pero no hacia Lima, sino acercándome sin saberlo a Zapallar, dirigiéndome de regreso a Viña y luego a Reñaca, con la determinación de encontrar entre Viña y Reñaca algún lugar tranquilo para vivir frente al mar y tratar de olvidar a Alma Rossi escribiendo sobre ella. Al llegar a Reñaca en un taxi, dudé entre el hotel Oceanic en la avenida Borgoño y el más discreto *apart hotel* Reñaca Inn, en la calle Rafael Sotomayor. Como quería esconderme en lo posible del bullicio, preferí el *apart hotel*. Apenas me instalé, llamé por teléfono a una inmobiliaria local, Bravo y Valdovinos, y dije que estaba interesado en arrendar (en Chile dicen *arrendar*, no *alquilar*) un departamento amoblado con vista al mar. Fue entonces cuando reparé en un detalle no menor: tenía poco dinero en efectivo (pesos chilenos que había retirado del cajero automático de la agencia del Citibank situada en la avenida Libertad de Viña del Mar: exactamente un millón de pesos, más o menos el equivalente a dos mil dólares), no traía conmigo las chequeras de mis cuentas en el Perú (Banco de Crédito y Banco Continental), en Uruguay (HSBC) y en Estados Unidos (Citibank y Goldman Sachs) y solo portaba mis tarjetas de crédito, que no me servirían para pagar un contrato de alquiler. *Maldita perra cabrona*, pensé en Alma Rossi, *te llevaste mis dos millones de dólares y te measte en mí*. Lo que siguió fue tedioso pero inevitable: abrí una cuenta de ahorros en dólares en el Banco Santander de la avenida Angamos, muy cerca del *apart hotel*, llamé a la agencia del Banco de Crédito de la calle Miguel Dasso de San Isidro, en Lima, y hablé con el gerente, un hombre joven que es mi amigo, y le pedí que me transfiriesen medio millón de dólares (para lo cual tuve que enviar al banco peruano no solo una carta por fax sino una carta firmada y escaneada por correo electrónico acompañada de fotocopia de mi pasaporte, pues normalmente los giros bancarios requieren que la persona esté presente y firme la orden, pero tratándose de un cliente conocido como yo hicieron una excepción) y, una vez que el dinero llegó al Banco Santander de Reñaca, hice varias citas con la inmobiliaria Bravo y Valdovinos y arrendé un magnífico departamento en el edificio Terrazas de Cochoa, en la calle Lapislázuli, a dos cuadras, cruzando la avenida Borgoño, de la playa misma de Cochoa, la playa que más me gustaba de esa franja costera cercana a Viña del Mar. De pronto, y separados por tan solo sesenta kilómetros, Alma Rossi y yo oteábamos el horizonte del Pacífico chileno, ella pensando en pintarse a sí misma, pintándose a sí misma en diez o doce variaciones del mismo gesto desgarrado y ansioso que no sabía explicar de dónde provenía, acaso de la fractura emocional que le produjo la muerte de su padre, y yo pensando en escribir sobre Alma Rossi para tratar de olvidarla, y ambos pensando melancólicamente que la única manera de dejar de pensar en el otro era encontrarlo y matarlo de una vez y para siempre, sin saber que estábamos tan cerca uno del otro y que el destino nos había condenado a encontrarnos para ver quién sería capaz de matar al otro o si nos mataríamos al mismo tiempo: era solo cuestión de tiempo que, estando tan cerca, dicho encuentro ocurriese.

CUARENTA Y SIETE

Pasaron las semanas y Alma Rossi encontró una cierta calma pintando en Zapallar y yo sentí que había renacido como escritor obligándome a trabajar cuatro horas todas las noches en Reñaca y tal vez nunca más nos hubiéramos visto Alma Rossi y yo (que era ciertamente lo que más nos convenía, o al menos eso sentíamos ambos) de no haber sido porque una noche me sentí solo y eché de menos la compañía de una mujer y llamé por teléfono a Graciela Ravinet y le conté que estaba pasando un tiempo en Reñaca y le sugerí que algún día viniera a visitarme. Sentía que no había en Chile una mujer más peligrosamente atractiva que Graciela y el hecho de que ella estuviera casada solo multiplicaba el poder de la atracción que ella ejercía sobre mí. Graciela tenía una casa en Zapallar y amaba ese balneario y en general era feliz comiendo ostras y camarones y almejas y pescados en el chiringuito de Zapallar, como era feliz metiéndose al mar frío de esa playa o de cualquier playa chilena, y por eso (y porque siempre me había encontrado deseable, no tanto por mi cuerpo ni por mis dotes amatorias sino por lo que ella consideraba mi habilidad para hacerla reír) se entusiasmó con la idea de engañar otra vez a su marido y pasar un fin de semana en Reñaca (o quizás en Zapallar) conmigo. En efecto, no mucho después de mi llamada (que el tiempo acabaría demostrando que había sido una imprudencia), Graciela le dijo a su marido, Ramiro Ratto, que se iba un fin de semana a una feria de arte en Buenos Aires y él le creyó como siempre le creía y ella no condujo al aeropuerto sino en dirección a Viña y luego a Reñaca, hasta la calle Lapislázuli, donde yo, su antiguo amigo, la esperaba con varias botellas de vino (y un poco de marihuana que le había comprado a un turista brasilero en un bar de la playa). Fue un fin de semana frío y por eso casi no salimos del departamento y nos dedicamos a beber, a fumar hierba, a escuchar música y a jugar al sexo con el espíritu lúdico con el que ella (bisexual, seductora profesional, amante de los hombres más guapos y las mujeres más lindas de Chile) solía abordar los asuntos del deseo. Le conté que estaba escribiendo una novela inspirada en la vida de Alma Rossi. Graciela me contó que estaba pensando divorciarse de su marido porque se había enamorado de un actor y de una modelo cocainómana, de ambos al mismo tiempo. Tuvimos orgasmos formidables y antes de irse ella me juró que no le diría a nadie que había estado conmigo y yo tuve la ingenuidad de creer que ella cumpliría esa promesa. Por desgracia, Graciela Ravinet es demasiado chismosa como para guardar un secreto. Le gusta hacer alarde de su amistad con artistas e intelectuales (después de todo ella se considera una artista, ella considera que tomarse fotos desnuda es una forma de arte, que su cuerpo es arte en sí mismo y que la exhibición de su cuerpo es arte sin duda alguna) y fue por eso que, unas semanas más tarde, en un evento en el hotel Sheraton organizado por una empresa de vinos que quería reunir a un grupo de empresarios y celebridades para que probasen las bondades de su nueva línea (evento que comenzaba formalmente como una cata de vinos y terminaba informalmente como una borrachera del carajo de vinos o de lo que fuera), Graciela Ravinet se encontró con Mario Santa Cruz y, sin saber el daño catastrófico que el chisme que le contaba podía provocar, le dijo que el escritor peruano Javier Garcés estaba recluido como un anacoreta en un departamento en Reñaca, en la playa de Cochoa, escribiendo una novela. Santa Cruz, viejo zorro, fingió no interesarse demasiado en el asunto y hasta simuló no saber bien quién era yo, pero taimadamente obtuvo la información que necesitaba: el nombre del edificio, Terrazas de Cochoa, y el de la calle, Lapislázuli, donde yo me había recluido para escribir. Graciela no sabía, no tenía cómo saber (porque yo no se lo había contado), que Alma Rossi y yo éramos dos espíritus en pena, divagando sin rumbo a la espera de que el azar nos reuniera para bien o para mal, como tampoco sabía que todo lo que ella le contase a Mario Santa Cruz sería información que él usaría en favor de Alma Rossi y en mi contra (en esto Graciela era un poco tonta, y como amaba tanto mirarse a sí misma no prestaba demasiada atención a las relaciones entre las demás personas, porque la persona que más le interesaba en el mundo era ella misma, y por eso no sabía tampoco que Mario Santa Cruz y Alma Rossi se amaban de un modo extraño, distante y definitivo, de un modo tan sutilmente inteligente que ambos habían evitado siempre rebajarse a las vulgaridades del sexo y sus urgencias menores). Apenas salió del Sheraton, Mario Santa Cruz subió a su Mercedes Benz blindado, conducido por un chofer, y marcó el número de su casa en Zapallar:

—Ya sé dónde está tu amiguito —le dijo a Alma Rossi, dejándola sin aliento, sin poder decir una palabra—. Está en Chile —reveló Santa Cruz.

Alma sintió un escalofrío de miedo. Está más cerca de ti de lo que sospecharías, añadió Santa Cruz. Alma se erizó.

—¿Está en Zapallar? —preguntó, alarmada, porque sabía que yo querría matarla, sabía que era demasiado rencoroso para aceptar la humillación que ella me había infligido, sabía que en cualquier momento podía aparecerme y vengarme disparándole el balazo que no fui capaz de asestarle en el hotel Country Club de Lima la vez en que maté a Jorge Echeverría.

—No, bonita, no te asustes —le dijo Santa Cruz, y agregó—: Está en Reñaca y no sabe que tú estás en mi casa.

—¿Cómo sabes que está en Reñaca? —se sorprendió ella.

—Porque me lo dijo su amiguita, la Graciela Ravinet, que fue a visitarlo —dijo él.

—Esa putita idiota —dijo ella y añadió—: Seguro que le tomó fotos pilucho.

Luego Mario Santa Cruz hizo una pregunta de un modo críptico para que su chofer no entendiese:

—¿Todavía quieres que lo invite a comer y que termine el asunto pendiente?

Alma Rossi no lo dudó, supo que si Santa Cruz no me envenenaba, entonces yo tarde o temprano daría con ella y la mataría.

—Sí, mátalo —dijo Alma Rossi—. Por favor, mátalo. Y no me llames hasta que esté muerto. Y cuando esté muerto, ven a verme, que te extraño.

—Tus deseos son órdenes, mi amor —dijo Mario Santa Cruz, y cortó, y luego le dijo a su chofer—: Vamos a Reñaca.

El chofer se sorprendió:

—¿Ahora mismo?

Santa Cruz odiaba repetir las cosas:

—Sí, ahora mismo —dijo, y luego preguntó—: ¿Porta usted su arma de fuego?

—Por supuesto, señor —se apresuró en responder el chofer.

—Muy bien, muy bien —se alegró Mario Santa Cruz. Luego pensó *yo mismo me daré el placer de matar a ese gran hijo de puta y mediocre escritor y no me daré el trabajo de envenenarlo, le meteré un balazo en la cresta y luego iré a Zapallar para pasar la noche con Alma sin tocarla, solo mirándola.*

CUARENTA Y OCHO

Esa noche había Luna llena en Reñaca y fue la Luna llena lo que me salvó la vida. Me asomé al balcón del departamento y quedé absorto contemplando los matices de la Luna reposando sobre las aguas del mar e impregnando con una textura rosada la arena de la playa y decidí que debía dejar de escribir y salir a caminar. Por lo general salía a caminar media hora por las tardes, cuando aun no oscurecía pero cuando la luz del Sol ya no quemaba, y en efecto esa tarde había caminado, para no seguir engordando y para preservar los hábitos de una rutina saludable (preservar los hábitos de dormir, de comer, de caminar, de no hablar con extraños a menos que fuese indispensable, era parte de una actitud que me resultaba vital para escribir; dicho de otro modo, cuando me sentaba a escribir, cada día era bastante parecido, si no idéntico, al otro, a no ser por las cosas más o menos sórdidas o melancólicas con que armaba mis ficciones). Pero esa noche en que Mario Santa Cruz iba camino a Reñaca para matarme, tuve la suerte de que saliera Luna llena y de que me vinieran ganas de bajar a la playa a esa hora de la noche, ya tarde. Como en Reñaca había cada tanto algún asalto menor (generalmente las víctimas eran turistas argentinas o brasileras, chicas que viajaban en grupo), y como soy ante todo un paranoico y un escritor devenido asesino en serie y un fugitivo o al menos un fugitivo de mi propia conciencia, me pareció prudente bajar a la playa con el revólver cargado con seis balas, ese cacharro de impredecible eficacia que comprara a un puñado de peruanos ilegales en la Plaza de Armas de Santiago y que me había servido para despachar a dos de mis enemigos chilenos. *Si tengo la mala suerte de que algún chilenito pendejo quiera robarme, le muestro el fierro barato y saldrá corriendo*, pensé, y guardé el revólver en el bolsillo de mi chaqueta. Hacía frío. Me puse un gorro de lana en la cabeza y guantes de cuero y una chaqueta que me daba un aire grueso, esquimal. Luego bajé por el ascensor, que siempre olía mal, siempre olía a pedos antiguos, a pedos de alguien ya muerto, y caminé en dirección a la playa y me senté en la arena y luego me tumbé en la arena y me quedé aturdido y absorto mirando la Luna llena, una Luna llena que jamás hubiera podido ver en Lima, porque en Lima la pátina de niebla escamotea la visión tanto del Sol como de la Luna y lo que uno puede ver es más lo que imagina que lo que ve y por eso todo en Lima tiene una cualidad tenue, pálida, mediocre, fantasmagórica, irreal. Por eso no quería volver a Lima, por eso y porque sentía que solo lejos de Lima podría ser capaz de escribir una novela sobre Alma Rossi y las funestas, perniciosas consecuencias que dicha adorable y peligrosa criatura había tenido en mi vida. En esas cavilaciones me hallaba cuando escuché unos ruidos: el ruido suave, refinado, de un auto de lujo que se apagaba, el ruido de dos puertas que se cerraban, la conversación de un hombre que le decía al otro: *No sé en qué piso está, vamos a ver si su nombre figura acá en la lista.* De inmediato supe que era a mí a quien buscaban. Lo supe por puro instinto, lo supe por esas corazonadas que no fallan y lo supe porque me di vuelta discretamente y, a pesar de la oscuridad (y gracias a la Luna llena), pude reconocer el perfil obeso, ventrudo, de Mario Santa Cruz, acompañado de un matón, ambos leyendo con dificultad los nombres que aparecían en un listado como residentes de las Terrazas de Cochoa. Por supuesto, yo había tenido la precaución de no escribir mi nombre en el departamento que ocupaba en el piso ocho, más exactamente el departamento 803, porque eran cuatro los departamentos por cada piso, dos que daban al mar (como el que yo había alquilado) y dos que daban a la calle trasera. Cuando ocupé el departamento, el portero me preguntó si quería escribir mi nombre en el listado de residentes. Le dije que prefería dejar el nombre que ya figuraba: familia Bustos Gómez. El portero me dijo que no podía dejar el nombre de la familia Bustos Gómez porque, pese a ser ellos los propietarios, no estaban habitando el departamento 803, lo habían alquilado, me lo habían alquilado, y por consiguiente no tenía sino dos opciones: dejar vacío el espacio reservado para anunciar el nombre del residente del 803 o escribir mi nombre. Fue evidente para mí que ese portero chileno mal cogido me tenía algún grado de aversión o animosidad derivado únicamente del hecho azaroso de que yo fuese peruano. No pude evitar preguntarme melancólicamente *¿por qué me odias, chileno del orto, si ustedes nos ganaron la guerra y violaron a nuestras mujeres y se quedaron con parte de nuestro territorio? Debería ser yo quien te odie, pero no puedo odiarte porque me das lástima, eres solo un pobre y desgraciado portero de un edificio de Cochoa, Reñaca, y todo lo que te espera es envejecer, enfermar, morir y que nadie te llore, pedazo de mierda.* Desde luego, no dije nada de lo que pensé, solo le contesté educadamente: *En ese caso, prefiero que deje el espacio vacío. Muchas* *gracias*. Y, en efecto, vacío quedó el espacio donde debía anunciarse al residente del 803. Y como era el único espacio vacío (no el único departamento vacío, porque en realidad más de la mitad de los departamentos se hallaban deshabitados dado que era invierno, pero no por eso sus dueños retiraban sus nombres del listado de residentes), eso naturalmente llamó la atención de Mario Santa Cruz, quien, sin saber que yo me hallaba parapetado tras el muro de piedras del malecón y podía oírlo, le dijo a su guardaespaldas:

—No ha puesto su nombre este peruano maricón. Debe estar en el 803.

Agazapado, vi cómo timbraron el 803 una y otra vez, con creciente impaciencia, sin que nadie desde luego contestara.

—¡La puta que lo parió! ¿Adónde chuchas se ha ido este peruano maricón? —bramó Santa Cruz.

Para colmo, a esa hora de la noche no había portero. Timbraron la portería pero fue inútil, nadie atendió.

—No estamos con suerte, jefe —dijo el matón.

—¡No seas huevón! —se enfureció Santa Cruz, y añadió—: No hemos venido hasta Reñaca para irnos sin hacer lo que tenemos que hacer, añadió.

Luego Santa Cruz empezó a timbrar de un modo compulsivo todos los botones de los departamentos del edificio, sin importarle que fuese ya pasada la medianoche. Alguien contestaría, alguien pulsaría el botón para abrir distraídamente y le permitiría entrar. Santa Cruz y el matón pulsaban los cuarenta timbres de las dos torres de diez pisos, cuatro apartamentos por piso, como si fueran dos niños traviesos jugando a despertar a la gente y salir corriendo. Por fin se escuchó la voz cavernosa y crispada de una mujer mayor. Santa Cruz se esmeró en parecer educado:

—Mil disculpas por molestarla, soy el vecino del 803, olvidé la llave. ¿Tendría la inmensa cortesía de abrirme, si fuera tan amable?

Para fortuna o desgracia de Santa Cruz, la señora, tras dudarlo, le creyó: apretó el botón para abrir y Santa Cruz y su sicario entraron al edificio. Pude ver a lo lejos que Santa Cruz le hacía señas a su esbirro para que subiera por las escaleras mientras él esperaba el ascensor. En efecto, segundos después, Santa Cruz abrió el ascensor y subió hasta el octavo piso. En ese momento pensé: *Solo tengo dos opciones, me escondo y espero a que se vayan (pero volverán y me encontrarán) o les tiendo una emboscada cuando salgan*. Luego pensé también: *Si hay Luna llena, si salí gracias a la Luna llena y eso me salvó la vida, si salí con el revólver, es que claramente el destino me ha enviado tres señales poderosas de que debo atacar y no esconderme: pude no haber salido y ahora estarían acribillándome, pude haber salido desarmado, pero ahora llevo ventaja y porto el arma que espero que dispare a la primera. Voy a demostrarle a ese chileno malparido que no soy ningún maricón, voy a demostrarle que soy Javier Garcés y que cuando quiero matar a alguien, lo mato, y además nadie se entera y siempre caigo parado*. Todo eso pensé en cuestión de segundos. Luego, tras asegurarme de que no estuviese viéndome desde el balcón, corrí hasta esconderme en una calle lateral del edificio, a pocos metros de donde habían estacionado el Mercedes Benz blindado. *Ya bajarán, paciencia*, me dije, revólver en mano. Lo que no sabía (y esa duda hacía que mis manos y mis piernas temblasen más de lo que me parecía razonable) era si disparar primero al matón o a Santa Cruz, puesto que hasta ese momento no sabía si solo el matón iba armado o si también Santa Cruz llevaba un arma. *No pienses, improvisa*, me dije. Y eso en efecto hice cuando por fin, tras una larga y exasperante espera, Santa Cruz y su chofer salieron del edificio, y escuché que Santa Cruz decía:

—Vamos un rato a Zapallar a ver a Alma y luego volvemos y seguro que encontramos a este maricón culiao.

En ese momento, cuando escuché *maricón culiao*, pensé que era a Santa Cruz a quien primero dispararía, pero luego, mientras le abría la puerta del auto, advertí que era el matón quien llevaba un arma en la mano, de modo que me acerqué rápida y sigilosamente y disparé un balazo en la cabeza del sujeto, que se desplomó sobre la acera sin emitir ni el más leve gemido. Estuve a punto de dispararle a Santa Cruz en la cabeza, pero vi que no hacía movimiento alguno que indicara que iba a sacar un arma y deduje que no tenía una consigo. Entonces le dije:

—Chileno conchatumadre, vas a morir.

Santa Cruz temblaba. Sin embargo, atinó a hablar:

—No hagas locuras, Garcés. Vamos a mi casa y te doy el dinero que quieras y te largas y no le diré nada a la policía.

Yo sabía que el fragor del disparo podría haber llamado la atención de los vecinos y de la policía local, de modo que actué con rapidez:

—Pásate al volante, viejo de mierda.

Encañonado, Santa Cruz hizo esfuerzos para retorcer su cuerpo adiposo y pasar una pierna y luego la otra hasta ocupar el lugar del piloto. Ya entonces yo había subido y cerrado la puerta, y le había ordenado:

—Maneja, imbécil. Vámonos de acá.

—¿Adónde vamos —preguntó Santa Cruz, sumiso, al tiempo que encendía el motor.

—Tú sabes adónde vamos, viejo huevón —dije.

—No, no sé —dijo Santa Cruz.

—Vamos a ver a Alma Rossi —le ordené.

Santa Cruz conducía lentamente, como si quisiera llamar la atención de la policía, pero para su infortunio, la dotación policial de esa playa era escasa y a esa hora dormía a pierna suelta y no había escuchado el eco del disparo ni había recibido llamado alguno alertándola del incidente en la puerta del edificio Terrazas de Cochoa.

—Mátame a mí, pero no a ella —suplicó Santa Cruz.

—Maneja nomás, viejo huevón —dije, el revolver apuntando la sien de uno de los hombres más ricos y admirados de Chile.

—¿La vas a matar? —preguntó Santa Cruz.

—No creo —dije, y luego añadí algo innecesario pero que no pude reprimir—: He tratado de matarla pero no he podido.

Santa Cruz encontró valor para preguntar:

—¿Por qué?

Tal vez no debió hacerme esa pregunta.

—Porque la amo. Amo a esa perra cabrona adorable —dije.

Luego Santa Cruz dijo algo que ciertamente tampoco debió decir:

—Yo también la amo. Por eso te ruego que no le hagas daño. Mátame a mí, no a ella.

Lo odié, lo desprecié, sentí asco de ese gordo millonario con tufo a alcohol y con un añejo olor a mariscos.

—¿Te las has culeado alguna vez? —le pregunté.

—No, nunca, jamás, te lo juro —respondió aterrado Santa Cruz—. La quiero como si fuera mi hija —añadió, y de seguro sintió que había dicho una verdad a medias, porque, siendo cierto que la quería como si fuera su hija, también era muy probable que hubiera querido tirársela desde hacía muchos años, pero si tal cosa no había ocurrido había sido, sin duda, por la distancia o por la renuencia tácita que Alma Rossi había interpuesto entre ambos para evitar cualquier escaramuza genital de la que luego, ella estaría segura, se arrepentirían.

—Sí, claro —le dije, cínicamente, y luego le pregunté—: ¿En cuál de tus casas está? ¿En la de Zapallar?

Santa Cruz no quiso responderme. Apretó los dientes y supo que el silencio podía costarle la vida.

—Dame tu celular —le ordené, mientras Santa Cruz conducía rumbo al norte, rumbo a Cachagua y Zapallar.

Miré el celular de Santa Cruz, vi la última llamada realizada y cuando iba a apretar el botón, Santa Cruz aceleró y frenó bruscamente, provocando que yo perdiese el equilibrio, me golpease contra el tablero y el revólver que llevaba cayese al suelo. Sin perder tiempo, Santa Cruz abrió la puerta y salió corriendo. A punto estuvo de escapar. Tuvo muy mala suerte. Un camión que venía en sentido contrario lo arrolló y lo arrastró por lo menos cincuenta metros, dejando su cadáver triturado, desmembrado, despanzurrado. Cuando el camión se detuvo, ya estaba yo al timón del Mercedes Benz y me alejaba a toda velocidad, el revólver todavía en el piso del lado del copiloto. *Puta madre, no hay duda de que hoy es mi día de suerte*, me dije, y sonreí. Luego apreté el botón de la última llamada que había hecho Santa Cruz desde su celular. Timbró tres veces, enseguida se escuchó la voz de Alma Rossi: *¿Mario? ¿Lo encontraste?* Sentí un sacudón de euforia y de tristeza al oír la voz de la mujer que amaba, la misma mujer que me deseaba muerto. Corté. Aceleré. Pensé: *Debo llegar a la casa de Santa Cruz en Zapallar antes de que escape esta perra cabrona. Morirás una noche de Luna llena, Alma Rossi*, me dije, y calculé que, a esa velocidad, ciento cuarenta kilómetros por hora, en menos de veinte minutos estaría en la casa de Mario Santa Cruz, casa que yo sabía perfectamente dónde se hallaba, casa en la que no pocas veces había sido invitado a comer y beber y disfrutar de la contemplación de los espléndidos cuadros de Matta que ese millonario poseía en unos salones con vista al mar.

CUARENTA Y NUEVE

Alma Rossi esperó con impaciencia a que Mario Santa Cruz volviera a llamarla para confirmarle que había ejecutado con éxito la operación que ella le había encomendado: liquidarme. Pero el celular de Santa Cruz no contestaba, estaba apagado, y ella marcaba infatigable y nerviosamente y nadie respondía y Alma sospechaba que algo había salido mal. *Tranquila, no te desesperes*, se dijo. *Quizás el celular se activó solo y marcó la última llamada y se cortó; esas cosas pasan. Dale tiempo. Mario es un viejo zorro. Ya llamará en un rato y todo estará bien y Garcés será un pedazo de carne maloliente en descomposición, un cadáver que nadie llorará, unos despojos que por fin te liberarán del peso opresivo, sofocante, vicioso, que ese hombre ha ejercido sobre ti desde aquella maldita hora en que lo conociste.* Por un momento Alma pensó en salir, pero era tarde, no tenía adónde ir, más segura estaba en casa de Mario, lo mejor era esperarlo, ya Mario llegaría. De todos modos, como esa llamada inquietante y silenciosa la había puesto en alerta de que algo malo podía estar ocurriendo, y como Mario no contestaba el celular y lo había apagado (lo que, según pensaba, no parecía tener sentido, pues si el celular se había activado accidentalmente marcando el número de la casa de Santa Cruz en

Zapallar, no parecía posible que luego se hubiese apagado también accidentalmente, a menos, claro, que Santa Cruz lo hubiese apagado porque era hora de matarme), Alma decidió que, por las dudas, sacaría de la caja fuerte una de las tres pistolas, la más liviana, que había dejado allí Santa Cruz. A esa hora, los caseros dormían en una vivienda rústica situada a unos cien metros de la mansión del ya finado Santa Cruz, y Alma pensó que sería imprudente y atropellado despertarlos, puesto que lo más probable era que pronto tuviese noticias, y buenas noticias, de Mario. De modo que, con las luces muy tenuemente encendidas, se sentó en la sala, prendió la chimenea y se mantuvo atenta, expectante, pistola en una mano, el celular en la otra, hasta que Mario diera señales de vida. Pero Mario no podía dar señales de vida porque carecía ya de vida a esas alturas y su cuerpo era un amasijo machacado de carne y huesos en el pavimento de la ruta entre Reñaca y Zapallar, y su cara era completamente irreconocible, puesto que, tras embestirlo, el camión le había pasado una llanta y luego otra, la llanta trasera, exactamente por en medio de la cara, de modo que lo que había sido un rostro humano era ahora un batiburrillo de ojos revueltos, dientes aplastados, orejas chancadas y un charco de sangre que hacía imposible saber que ese hombre había sido Mario Santa Cruz, así de desfigurada y rota en pedazos había quedado la que fuera su cara: el camionero solo atinaba a mirar un ojo de Santa Cruz que se había desprendido de la cara y lo miraba desde el pavimento y que aún daba la impresión de seguir vivo, pues parecía hacer un tic o abrirse y cerrarse, y por eso el camionero le hablaba no al cuerpo despanzurrado sino al ojo solitario y le decía *chucha, hueón, no te vi, te juro por la virgencita que no te vi, heón, ¿cómo mierda se te ocurre ponerte frente a mi camión, viejo culiao*. Y como el ojo seguía mirándolo y el camionero juraba que el ojo pestañeaba, fue y lo pisó y sintió un crujido como si hubiera aplastado un caracol o un sapo o una cucaracha. Luego el camionero hizo lo que era predecible: se robó la billetera y el reloj del occiso, manchándose de sangre, subió a su camión y se fue de allí sin saber que había aplastado al legendario magnate y coleccionista de arte Mario Santa Cruz, cuyo ojo refinado y perspicaz para detectar la belleza había sido pisado y machucado por la bota de jebe de un camionero que nunca en su puta vida había ido a un museo ni había visto un cuadro de Matta ni sabía quién coño era Matta, solo sabía que había matado accidentalmente a un viejo huevón que se le atravesó en la ruta y que ahora tenía que alejarse rápido, lavar todas las manchas de sangre llegando a su taller en Viña y hacerse el loco nomás, ni cagando iba a denunciar el accidente con los carabineros. Entretanto, Alma Rossi se sobresaltó cuando vio las luces del Mercedes Benz de Mario Santa Cruz surcando el camino empedrado que conducía hacia la puerta principal de la mansión. *Mario, por fin*, pensó, y fue al bar y se sirvió una copa de champán y dejó en el sofá la pistola y el celular. Luego esperó a que Mario entrase y le dijese que me había matado y que yo estaba bien muerto. Pero la puerta no se abrió y, para su alarma, sonó el timbre. *¿Por qué Mario timbraría si tiene las llaves de esta casa?* Alma corrió hasta el sofá, cogió la pistola (la copa de champán cayó en el piso de madera y se rompió) y se preguntó si debía abrir la puerta o llamar por el intercomunicador a los caseros. Sigilosamente (estaba descalza, en una bata se seda blanca y ropa interior, y llevaba el pelo recogido) se acercó a la puerta y no pudo ver por la mirilla porque no había tal mirilla.

—¿Mario, eres tú? —preguntó, con voz temblorosa.

—No, mi amor —respondí con tono cínico—. Mario está muerto, lo siento. Soy yo, Javier. Abre, por favor.

Alma dio un respingo y supo que no mentía, que Mario estaba muerto y que si yo estaba ahora allí en la puerta de esa casa era porque me disponía a matarla. Pero Alma tenía una pistola en la mano y, sin embargo, estaba paralizada o lastrada por el recuerdo de su premonición: *Si tú le disparas primero, serás tú quien muera, no él.*

—Abre, por favor, no te haré nada, solo quiero hablar —le dije, con tono amigable, palpando el revólver que llevaba en el bolsillo de la chaqueta.

—¿Estás armado? —preguntó Alma.

—No —dije.

—¿Y cómo murió Mario? —preguntó.

—Atropellado por un camión —dije.

—No te creo, miserable hijo de puta —dijo ella.

—Si no me crees, llama al celular de Mario —dije.

Alma cogió el teléfono y marcó el número móvil de Santa Cruz.

—Soy yo, amor —escuchó mi voz, doblemente, en el celular y también allí afuera, a pocos metros, al otro lado del portón de madera—. Abre, por favor.

Alma Rossi comprendió que no tenía más remedio que desobedecer su premonición, abrir la puerta y matar al hombre que más había amado y odiado, el perro maldito de Javier Garcés, que le había arruinado la vida y ahora volvía para seguir arruinándosela. Alma Rossi tomó aire, abrió la puerta, vio que yo no llevaba un arma en la mano y, apuntándome al pecho, me dijo:

—Pasa y cierra, pelotudo.

Obedecí con una sonrisa, sintiendo como si no me importase morir, como si deseara morir exactamente de ese modo, abaleado por Alma Rossi. En efecto era eso lo que quería: no matar a Alma, no terminar de escribir la novela sobre Alma, sino morir a manos de Alma y que ella viviese atormentada el resto de su vida por haberme matado y por haber propiciado la muerte accidental de Mario Santa Cruz. Por eso esperé con aplomo la muerte, porque era esa y no otra la muerte que yo había elegido, porque sabía que, al matarme, Alma Rossi (o una parte sustancial de Alma Rossi) moriría también. Y porque sabía (o eso pensaba en ese momento crucial) que era incapaz de matar a Alma Rossi, como ya había quedado demostrado en el hotel Country Club, de Lima.

—Dispara, nena —le dije a Alma con cierto desprecio o cierta condescendencia que a ella le resultó admirable. *Ha venido no a matarme sino a que lo mate*, pensó, sin duda—. Te ruego que me mates —insistí, ella apuntándome con la pistola trémula en medio de la sala, el eco de las olas bravas de Zapallar retumbando a lo lejos.

—¿Por qué quieres que te mate? —preguntó Alma Rossi, manifestando al mismo tiempo odio, desprecio y admiración por alguien que le resultaba indescifrable y obstinado e incansable en su afán de estropearle la vida.

—Porque te amo y no puedo vivir sin ti —le respondí.

—Eres un cursi y un maricón —me dijo Alma.

—Sí, lo soy, y por eso debes matarme —dije.

Dos metros nos separaban. Mi respiración tenía la serenidad de quien se sabe un hombre muerto, pero muerto como había querido morir. Alma respiraba con ansiedad, acezando, recordando la premonición, sin saber si disparar o dejar el arma y besarme y decirme que me amaba, como sin duda alguna me amaba. Pero si bien me amaba, más se amaba a sí misma, y dejar el arma y besarme habría sido, pensó seguramente en ese momento decisivo, un acto humillante para su dignidad, una claudicación, una traición a su orgullo, una rendición ante mi poder, ante un hombre al que amaba y despreciaba en proporciones parejas. Por eso Alma Rossi no pudo dejar el arma: porque si bien me amaba, más se amaba a sí misma, y la imagen que tenía de sí misma era la de una mujer que no necesitaba de nadie, que se bastaba para ser feliz, que no me necesitaba a mí, un bastardo escritor de las pelotas, para darle sentido a su vida, que ella sola podía, sin Mario y sin mí, seguir adelante y seguir pintando y sobrevivir con las agallas con las que había sobrevivido al suicidio de su padre y a la muerte no exactamente accidental de su madre. Por eso, por puro orgullo vicioso, Alma Rossi dijo:

—Muere, perro de mierda.

Luego apretó el gatillo. Con los ojos cerrados y la cabeza gacha esperé que el proyectil penetrara en mi frente o en mi pecho, pero nada, nada salió de la pistola.

—Muere, maldito —dijo Alma, y apretó una y otra vez el gatillo, pero ninguna bala salió de esa pistola, y no porque estuviera descargada, sino porque Alma Rossi había olvidado levantar el seguro que impedía que saliesen las balas, Alma Rossi no tenía destreza en el manejo de armas de fuego y no sabía que debía destrabar el seguro antes de disparar. Siguió apretando, pero como nada salía, comprendí que Alma había cometido un error trágico que habría de costarle la vida, había cogido una pistola descargada o trabada por el seguro, de modo que, sintiéndome como resucitado, y ahora de pronto contento, saqué el revólver de mi chaqueta y mientras Alma seguía accionando en vano el gatillo de la pistola, le apunté al pecho, no al corazón, al lado derecho, para que muriese más lentamente, y disparé. Para perplejidad de ambos, tampoco mi revólver funcionó con eficacia.

—Lo siento, amor, pero no debiste abandonarme en la carretera —dije, y apreté de nuevo el gatillo, y esta vez se escuchó el estruendo y la bala reventó el pecho de Alma Rossi, que cayó de espaldas sobre los cristales rotos de la copa de champán y empezó a temblar mientras un hilo de sangre corría por su pecho y se deslizaba por su brazo y anegaba su mano.

—Dispara de nuevo, mamón —alcanzó a decirme.

—No, mi amor —le dije, y añadí—: Quiero que mueras lentamente. Adiós, Alma querida —pronuncié, y me incliné y besó en la mejilla a esa mujer que agonizaba.

Luego escuché el ruido de los caseros que venían corriendo, de modo que corrí deprisa hacia el Mercedes Benz, lo encendí y casi atropellé al casero, que me gritó expresiones procaces e incomprensibles, expresiones de las que solo alcancé a distinguir la palabra *culiao*. Aceleré y me sentí, al mismo tiempo, inmensamente triste e inmensamente feliz, si tal cosa podía ser posible.

CINCUENTA

Unas horas más tarde, después de arrojar el revólver al mar y sacar las pocas cosas que tenía en el departamento de Reñaca, dejé el auto de Mario Santa Cruz en el estacionamiento del aeropuerto internacional Arturo Merino Benítez de Santiago de Chile, compré un pasaje en clase económica en el primer vuelo de Lan con destino a Buenos Aires y, apenas el avión despegó, perdí la vista en el horizonte de la ciudad al alba y pensé, extrañamente abatido, que hubiera preferido que Alma Rossi me matase y que ahora sería yo quien, muerto en vida, roído por la culpa y los recuerdos insidiosos, tendría que vivir el resto de mis días escondido miserablemente en Buenos Aires, escribiendo una novela sobre la mujer que más había amado y que estaba seguro había matado esa madrugada en Zapallar: Alma Rossi, esa perra cabrona adorable que no supo matarme cuando debió y ahora es solo un pedazo de carne fría rumbo a la morgue.

ÍNDICE

Alfaguara es un sello editorial del Grupo Santillana

www. alfaguara.com

Argentina
Av. Leandro N. Alem, 720
C 1001 AAP Buenos Aires
Tel. (54 114) 119 50 00
Fax (54 114) 912 74 40

Bolivia
Avda. Arce, 2333 - La Paz
Tel. (591 2) 44 11 22
Fax (591 2) 44 22 08

Brasil
Editora Objetiva
www.objetiva.br
Rua Cosme Velho 103 Rio de Janeiro
Tel. (5521) 21997824
Fax (5521) 21997825

Chile
Dr. Aníbal Ariztía, 1444
Providencia - Santiago de Chile
Tel. (56 2) 384 30 00
Fax (56 2) 384 30 60

Colombia
Calle 80, 10-23
Bogotá
Tel. (57 1) 635 12 00
Fax (57 1) 236 93 82

Costa Rica
La Uruca
Del Edificio de Aviación Civil 200 m al Oeste
San José de Costa Rica
Tel. (506) 220 42 42 y 220 47 70
Fax (506) 220 13 20

Ecuador
Avda. Eloy Alfaro, 33-3470 y Avda. 6 de Diciembre - Quito
Tel. (593 2) 244 66 56 y 244 21 54
Fax (593 2) 244 87 91

El Salvador
Siemens, 51
Zona Industrial Santa Elena
Antiguo Cuscatlan - La Libertad
Tel. (503) 2 505 89 y 2 289 89 20
Fax (503) 2 278 60 66

España
Torrelaguna, 60
28043 Madrid
Tel. (34 91) 744 90 60
Fax (34 91) 744 92 24

Estados Unidos
2105 N.W. 86th Avenue
Doral, F.L. 33122
Tel. (1 305) 591 95 22 y 591 22 32
Fax (1 305) 591 91 45

Guatemala
7ª Avda. 11-11
Zona 9
Guatemala C.A.
Tel. (502) 24 29 43 00
Fax (502) 24 29 43 43

Honduras
Colonia Tepeyac Contigua a Banco Cuscatlan
Boulevard Juan Pablo, frente al Templo
Adventista 7º Día, Casa 1626
Tegucigalpa
Tel. (504) 239 98 84

México
Avda. Río Mixcoac, 272
Colonia Benito Juárez
03240 México D.F.
Tel. (52 5) 5200 7500

Panamá
Avda. Juan Pablo II, nº15. Apartado Postal
863199, zona 7. Urbanización Industrial
La Locería - Ciudad de Panamá
Tel. (507) 260 09 45

Paraguay
Avda. Venezuela, 276,
entre Mariscal López y España
Asunción
Tel./fax (595 21) 213 294 y 214 983

Perú
Avda. Primavera 2160
Santiago de Surco - Lima 33
Tel. (51 1) 313 4000
Fax (51 1) 313 4001

Portugal
Editora Objectiva
www.objectiva.pt
Estrada da Outurela, 118
2794-084 Carnaxide
Tel. (+351)214246903/4
Fax (+351) 214246907

Puerto Rico
Avda. Roosevelt, 1506
Guaynabo 00968
Puerto Rico
Tel. (1 787) 781 98 00
Fax (1 787) 782 61 49

República Dominicana
Juan Sánchez Ramírez, 9
Gazcue
Santo Domingo R.D.
Tel. (1809) 682 13 82 y 221 08 70
Fax (1809) 689 10 22

Uruguay
Constitución, 1889
11800 Montevideo
Tel. (598 2) 402 73 42 y 402 72 71
Fax (598 2) 401 51 86

Venezuela
Avda. Rómulo Gallegos
Edificio Zulia, 1º - Sector Monte Cristo
Boleita Norte - Caracas
Tel. (58 212) 235 30 33
Fax (58 212) 239 10 51